Editionen für den Literaturunterricht
Herausgeber: Dietrich Steinbach

Ödön von Horváth

›Kasimir und Karoline‹

Volksstück

mit Materialien

Ausgewählt und eingeleitet
von Dietrich Steinbach

Ernst Klett Verlag
Stuttgart Düsseldorf Leipzig

[ ] Vom Herausgeber eingesetzte Titel im Materialienteil ab Seite 67

Umschlag: Ödön von Horváth 1931.
© Ullstein Bilderdienst, Berlin.

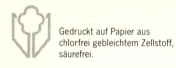
Gedruckt auf Papier aus chlorfrei gebleichtem Zellstoff, säurefrei.

1. Auflage 1 6 5 4 3 2 | 2003 2002 2001 2000 99

Alle Drucke dieser Auflage können im Unterricht nebeneinander benutzt werden. Die letzte Zahl bezeichnet das Jahr dieses Druckes.
© by Suhrkamp, Frankfurt a.M. 1970, Lizenzausgabe mit freundlicher Genehmigung des Suhrkamp Verlages, Frankfurt a.M., für die Bundesrepublik Deutschland, Österreich und die Schweiz. Der Abdruck folgt – auch hinsichtlich der Rechtschreibung und Zeichensetzung – der Ausgabe Gesammelte Werke. Werkausgabe der edition suhrkamp in 8 Bänden, Band 1: Volksstücke, hrsg. von Traugott Krischke und Dieter Hildebrandt. Suhrkamp Verlag, Frankfurt a.M. 2., verbesserte Auflage 1978, S. 253–324. Alle Verlags- und Publikationsrechte liegen beim Suhrkamp Verlag, Frankfurt a.M., die Aufführungs-, Sende- und Übersetzungsrechte beim Thomas Sessler-Verlag, München und Wien.
Materialien: © Ernst Klett Verlag GmbH, Stuttgart 1997.
Alle Rechte vorbehalten.
Internetadresse: http://www.klett-verlag.de
Umschlag: Zembsch' Werkstatt, München.
Fotosatz: Ernst Klett, Stuttgart.
Druck: Ludwig Auer GmbH, Donauwörth.
ISBN 3-12-353110-4

Personen:
KASIMIR · KAROLINE · RAUCH · SPEER · DER AUSRUFER · DER LILIPUTANER · SCHÜRZINGER · DER MERKL FRANZ · DEM MERKL FRANZ SEINE ERNA · ELLI · MARIA · DER MANN MIT DEM BULLDOGGKOPF · JUANITA · DIE DICKE DAME · DIE KELLNERIN · DER SANITÄTER · DER ARZT · ABNORMITÄTEN UND OKTOBERFESTLEUTE

Dieses Volksstück spielt auf dem Münchener Oktoberfest, und zwar in unserer Zeit.

alle Personen passiv, verändern nichts an ihrem Leben

> Motto:
> *Und die Liebe höret nimmer auf.*

1. Szene

Es wird dunkel im Zuschauerraum und das Orchester spielt die Münchener Hymne »Solang der alte Peter«. Hierauf hebt sich der Vorhang.

2. Szene

Schauplatz: Gleich hinter dem Dorf der Lippennegerinnen. Links ein Eismann mit türkischem Honig und Luftballons.
Rechts ein Haut-den-Lukas – (das ist so ein althergebrachter Kraftmesser, wo du unten mit einem Holzbeil auf einen Bolzen draufhaust, und dann saust ein anderer Bolzen an einer Stange in die Höhe, und wenn dann dieser andere Bolzen die Spitze der Stange erreicht, dann knallt es, und dann wirst du dekoriert, und zwar für jeden Knall mit einem Orden).
Es ist bereits spät am Nachmittag und jetzt fliegt gerade der Zeppelin in einer ganz geringen Höhe über die Oktoberfestwiese – in der Ferne Geheul mit allgemeinem Musiktusch und Trommelwirbel.

3. Szene

[monarchische Gesinnung]

RAUCH: Bravo Zeppelin! Bravo Eckener! Bravo!
EIN AUSRUFER: Heil!
SPEER: Majestätisch. Hipp hipp hurrah!
   Pause.
EIN LILIPUTANER: Wenn man bedenkt, wie weit es wir Menschen schon gebracht haben – *Er winkt mit seinem Taschentuch.*
   Pause.
KAROLINE: Jetzt ist er gleich verschwunden, der Zeppelin –
DER LILIPUTANER: Am Horizont.
KAROLINE: Ich kann ihn kaum mehr sehen –
DER LILIPUTANER: Ich seh ihn noch ganz scharf.

KAROLINE: Jetzt seh ich nichts mehr. *Sie erblickt Kasimir; lächelt.* Du, Kasimir. Jetzt werden wir bald alle fliegen.

KASIMIR: Geh so lasse mich doch aus. *Er wendet sich dem Lukas zu und haut ihn vor einem stumm interessierten Publikum – aber erst beim drittenmal knallt es, und dann zahlt der Kasimir und wird mit einem Orden dekoriert.*

KAROLINE: Ich gratuliere.

KASIMIR: Zu was denn?

KAROLINE: Zu deiner Auszeichnung da.

KASIMIR: Danke.

Stille.

KAROLINE: Der Zeppelin, der fliegt jetzt nach Oberammergau, aber dann kommt er wieder zurück und wird einige Schleifen über uns beschreiben.

KASIMIR: Das ist mir wurscht! Da fliegen droben zwanzig Wirtschaftskapitäne und herunten verhungern derweil einige Millionen! Ich scheiß dir was auf den Zeppelin, ich kenne diesen Schwindel und hab mich damit auseinandergesetzt – Der Zeppelin, verstehst du mich, das ist ein Luftschiff und wenn einer von uns dieses Luftschiff sieht, dann hat er so ein Gefühl, als tät er auch mitfliegen – derweil haben wir bloß die schiefen Absätz und das Maul können wir uns an das Tischeck hinhaun!

KAROLINE: Wenn du so traurig bist, dann werd ich auch traurig.

KASIMIR: Ich bin kein trauriger Mensch.

KAROLINE: Doch. Du bist ein Pessimist.

KASIMIR: Das schon. Ein jeder intelligente Mensch ist ein Pessimist. *Er läßt sie wieder stehen und haut abermals den Lukas; jetzt knallt es dreimal, er zahlt und bekommt drei Orden; dann nähert er sich wieder Karoline.* Du kannst natürlich leicht lachen. Ich habe es dir doch gleich gesagt, daß ich heut unter gar keinen Umständen auf dein Oktoberfest geh. Gestern abgebaut und morgen stempeln, aber heut sich amüsieren, vielleicht sogar noch mit lachendem Gesicht!

KAROLINE: Ich habe ja gar nicht gelacht.
KASIMIR: Natürlich hast du gelacht. Und das darfst du ja auch – du verdienst ja noch was und lebst bei deinen Eltern, die wo pensionsberechtigt sind. Aber ich habe keine Eltern mehr und steh allein in der Welt, ganz und gar allein.
Stille.
KAROLINE: Vielleicht sind wir zu schwer füreinander –
KASIMIR: Wie meinst du das jetzt?
KAROLINE: Weil du halt ein Pessimist bist und ich neige auch zur Melancholie – Schau, zum Beispiel zuvor – beim Zeppelin –
KASIMIR: Geh halt doch dein Maul mit dem Zeppelin!
KAROLINE: Du sollst mich nicht immer so anschreien, das hab ich mir nicht verdient um dich!
KASIMIR: Habe mich gerne! *Ab.*

4. Szene

Karoline sieht ihm nach; wendet sich dann langsam dem Eismann zu, kauft sich eine Portion und schleckt daran gedankenvoll.
Schürzinger schleckt bereits die zweite Portion.

KAROLINE: Was schauns mich denn so blöd an?
SCHÜRZINGER: Pardon! Ich habe an etwas ganz anderes gedacht.
KAROLINE: Drum.
Stille.
SCHÜRZINGER: Ich habe gerade an den Zeppelin gedacht.
Stille.
KAROLINE: Der Zeppelin, der fliegt jetzt nach Oberammergau.
SCHÜRZINGER: Waren das Fräulein schon einmal in Oberammergau?
KAROLINE: Schon dreimal.
SCHÜRZINGER: Respekt!
Stille.

KAROLINE: Aber die Oberammergauer sind auch keine Heiligen. Die Menschen sind halt überall schlechte Menschen.

SCHÜRZINGER: Das darf man nicht sagen, Fräulein! Die Menschen sind weder gut noch böse. Allerdings werden sie durch unser heutiges wirtschaftliches System gezwungen, egoistischer zu sein, als sie es eigentlich wären, da sie doch schließlich vegetieren müssen. Verstehens mich?

KAROLINE: Nein.

SCHÜRZINGER: Sie werden mich schon gleich verstehen. Nehmen wir an, Sie lieben einen Mann. Und nehmen wir weiter an, dieser Mann wird nun arbeitslos. Dann läßt die Liebe nach, und zwar automatisch.

KAROLINE: Also das glaub ich nicht!

SCHÜRZINGER: Bestimmt!

KAROLINE: Oh nein! Wenn es dem Manne schlecht geht, dann hängt das wertvolle Weib nur noch intensiver an ihm – könnt ich mir schon vorstellen.

SCHÜRZINGER: Ich nicht.

Stille.

KAROLINE: Können Sie handlesen?

SCHÜRZINGER: Nein.

KAROLINE: Was sind denn der Herr eigentlich von Beruf?

SCHÜRZINGER: Raten Sie doch mal.

KAROLINE: Feinmechaniker?

SCHÜRZINGER: Nein. Zuschneider.

KAROLINE: Also das hätt ich jetzt nicht gedacht!

SCHÜRZINGER: Und warum denn nicht?

KAROLINE: Weil ich die Zuschneider nicht mag. Alle Zuschneider bilden sich gleich soviel ein.

Stille.

SCHÜRZINGER: Bei mir ist das eine Ausnahme. Ich hab mich mal mit dem Schicksalsproblem beschäftigt.

KAROLINE: Essen Sie auch gern Eis?

SCHÜRZINGER: Meine einzige Leidenschaft, wie man so zu sagen pflegt.

KAROLINE: Die einzige?

7

SCHÜRZINGER: Ja.
KAROLINE: Schad!
SCHÜRZINGER: Wieso?
KAROLINE: Ich meine, da fehlt Ihnen doch dann was.

5. Szene

Kasimir erscheint wieder und winkt Karoline zu sich heran. Karoline folgt ihm.

KASIMIR: Wer ist denn das, mit dem du dort sprichst?
KAROLINE: Ein Bekannter von mir.
KASIMIR: Seit wann denn?
KAROLINE: Schon seit lang. Wir haben uns gerade ausnahmsweise getroffen. Glaubst du mir denn das nicht?
KASIMIR: Warum soll ich dir das nicht glauben?
Stille.
KAROLINE: Was willst du?
Stille.
KASIMIR: Wie hast du das zuvor gemeint, daß wir zwei zu schwer füreinander sind? *Karoline schweigt boshaft.* Soll das eventuell heißen, daß wir zwei eventuell nicht zueinander passen?
KAROLINE: Eventuell.
KASIMIR: Also das soll dann eventuell heißen, daß wir uns eventuell trennen sollen – und daß du mit solchen Gedanken spielst?
KAROLINE: So frag mich doch jetzt nicht!
KASIMIR: Und warum nicht, wenn man fragen darf?
KAROLINE: Weil ich jetzt verärgert bin. Und in einer solchen Stimmung kann ich dir doch nichts Gescheites sagen!
Stille.
KASIMIR: So. Hm. Also das wird dann schon so sein. So und nicht anders. Da gibt es keine Ausnahmen. Lächerlich.
KAROLINE: Was redest du denn da?
KASIMIR: Es ist schon so.

KAROLINE *fixiert ihn:* Wie?
Stille.
KASIMIR: Oder ist das vielleicht nicht eigenartig, daß es dir gerade an jenem Tage auffällt, daß wir zwei eventuell nicht zueinander passen – an jenem Tage, an welchem ich abgebaut worden bin?
Stille.
KAROLINE: Ich versteh dich nicht, Kasimir.
KASIMIR: Denk nur nach. Denk nur nach, Fräulein!
Stille.
KAROLINE *plötzlich:* Oh du undankbarer Mensch! Hab ich nicht immer zu dir gehalten? Weißt es denn nicht, was das für Schwierigkeiten gegeben hat mit meinen Eltern, weil ich keinen Beamten genommen hab und nicht von dir gelassen hab und immer deine Partei ergriffen hab?!
KASIMIR: Reg dich nur ab, Fräulein! Überleg es dir lieber, was du mir angetan hast.
KAROLINE: Und was tust du mir an?
KASIMIR: Ich konstatiere eine Wahrheit. So. Und jetzt laß ich dich stehn – *Ab.*

6. Szene

Karoline sieht ihm nach; wendet sich dann wieder dem Schürzinger zu; jetzt dämmert es bereits.

SCHÜRZINGER: Wer war denn dieser Herr?
KAROLINE: Mein Bräutigam.
SCHÜRZINGER: Sie haben einen Bräutigam?
KAROLINE: Er hat mich gerade sehr gekränkt. Nämlich gestern ist er abgebaut worden und da hat er jetzt behauptet, ich würde mich von ihm trennen wollen, weil er abgebaut worden ist.
SCHÜRZINGER: Das alte Lied.
KAROLINE: Geh reden wir von etwas anderem!
Stille.
SCHÜRZINGER: Er steht dort drüben und beobachtet uns.

KAROLINE: Ich möcht jetzt mal mit der Achterbahn fahren.
SCHÜRZINGER: Das ist ein teurer Spaß.
KAROLINE: Aber jetzt bin ich auf dem Oktoberfest und ich hab es mir vorgenommen. Geh fahrens halt mit!
SCHÜRZINGER: Aber nur einmal.
KAROLINE: Also das steht bei Ihnen.
Dunkel.

7. Szene

Das Orchester spielt nun die Glühwürmchen-Suite.

8. Szene

Neuer Schauplatz:
Neben der Achterbahn, dort wo die Oktoberfestwiese aufhört.
Die Stelle liegt etwas abseits und ist nicht gut beleuchtet. Nämlich es ist bereits Nacht geworden, aber in der Ferne ist alles illuminiert. Karoline und Schürzinger kommen und hören das Sausen der Achterbahn und das selige Kreischen der Fahrgäste.

9. Szene

KAROLINE: Ja das ist die richtige Achterbahn. Es gibt nämlich noch eine, aber mit der ist man bald fertig. Dort ist die Kasse. Jetzt ist mir etwas gerissen.
SCHÜRZINGER: Was?
KAROLINE: Ich weiß noch nicht was. Geh drehens Ihnen um bitte.
Stille.
SCHÜRZINGER *hat sich umgedreht:* Er folgt uns noch immer, Ihr Herr Bräutigam. Jetzt spricht er sogar mit einem Herrn und einer Dame – sie lassen uns nicht aus den Augen.

KAROLINE: Wo? – Das ist doch jetzt der Merkl Franz und seine Erna. Ja den kenn ich. Nämlich das ist ein ehemaliger Kollege von meinem Kasimir. Aber der ist auf die schiefe Ebene geraten. Wie oft daß der schon gesessen ist.

SCHÜRZINGER: Die Kleinen hängt man und die Großen läßt man laufen.

KAROLINE: Das schon. Aber der Merkl Franz prügelt seine Erna, obwohl sie ihm pariert. Und ein schwaches Weib schlagen, das ist doch wohl schon das allerletzte.

SCHÜRZINGER: Bestimmt.

KAROLINE: Der Kasimir ist ja auch sehr jähzornig von Natur aus, aber angerührt hat er mich noch nie.

SCHÜRZINGER: Hoffentlich macht er uns hier keinen Skandal.

KAROLINE: Nein das macht er nie in der Öffentlichkeit. Dazu ist er viel zu beherrscht. Schon von seinem Beruf her.

SCHÜRZINGER: Was ist er denn?

KAROLINE *hat sich nun repariert:* Kraftwagenführer. Chauffeur.

SCHÜRZINGER: Jähzornige Leute sind aber meistens gutmütig.

KAROLINE: Haben Sie Angst?

SCHÜRZINGER: Wie kommen Sie darauf?
Stille.

KAROLINE: Ich möchte jetzt mit der Achterbahn fahren.
Ab mit dem Schürzinger und nun ist einige Zeit kein Mensch zu sehen.

10. Szene

Kasimir kommt langsam mit dem Merkl Franz und dem seiner Erna.

DER MERKL FRANZ: Parlez-vous française?
KASIMIR: Nein.

DER MERKL FRANZ: Schade.

KASIMIR: Wieso?

DER MERKL FRANZ: Weil sich das deutsch nicht so sagen läßt. Ein Zitat. In puncto Achterbahn und Karoline – *Zu Erna.* Wenn du mir so was antun würdest, ich tät dir ja das Kreuz abschlagen.

ERNA: So sei doch nicht so ungerecht.

11. Szene

Karoline kreischt nun droben auf der abwärtssausenden Achterbahn.

KASIMIR *starrt empor:* Fahre wohl, Fräulein Karoline! Daß dir nur nichts passiert. Daß du dir nur ja nicht das Genick verrenkst. Das wünscht dir jetzt dein Kasimir.

DER MERKL FRANZ: Habe nur keine Angst. Wir sind zu zweit.

KASIMIR: Ich bin nicht zu zweit! Ich mag nicht zu zweit sein! Ich bin allein.

Stille.

DER MERKL FRANZ: Ich hätt ja einen plausibleren Vorschlag: laß doch diesen Kavalier überhaupt laufen – er kann doch nichts dafür, daß jetzt die deine mit ihm da droben durch die Weltgeschichte rodelt. Du hast dich doch nur mit ihr auseinanderzusetzen. Wie sie auf der Bildfläche erscheint, zerreiß ihr das Maul.

KASIMIR: Das ist eine Ansichtssache.

DER MERKL FRANZ: Natürlich.

Stille.

KASIMIR: Ich bin aber nicht der Ansicht.

DER MERKL FRANZ: Du bist halt ein naiver Mensch.

KASIMIR: Wahrscheinlich.

Stille.

DER MERKL FRANZ: Was ist das Weib? Kennst den Witz, wo die Tochter mit dem leiblichen Vater und dem Bruder –

ERNA *unterbricht ihn:* Du sollst nicht immer so wegwerfend über uns Frauen reden!
Stille.
DER MERKL FRANZ: Ja wie hätten wir es denn?
ERNA: Ich bin doch zu guter Letzt auch eine Frau!
DER MERKL FRANZ: Also werd mir nur nicht nervös. Da. Halt mal meine Handschuhe. Jetzt möchte er sich nur etwas holen, dort drüben, für das Gemüt – *Ab; in der Ferne ertönt nun ein Waldhorn, und zwar wehmütig.*

12. Szene

ERNA: Herr Kasimir. Da schauns mal hinauf. Das ist der Große Bär.
KASIMIR: Wo?
ERNA: Dort. Und das dort ist der Orion. Mit dem Schwert.
KASIMIR: Woher wissen Sie denn all das?
ERNA: Das hat mir mal mein Herr erklärt, wie ich noch gedient hab – der ist ein Professor gewesen. Wissens, wenns mir schlecht geht, dann denk ich mir immer, was ist ein Mensch neben einem Stern. Und das gibt mir dann wieder einen Halt.

13. Szene

Schürzinger erscheint und das Waldhorn verstummt.
Kasimir erkennt ihn.
Schürzinger grüßt.
Kasimir grüßt auch, und zwar unwillkürlich.

SCHÜRZINGER: Ihr Fräulein Braut fahren noch.
KASIMIR *fixiert ihn grimmig:* Das freut mich.

14. Szene

Der Merkl Franz erscheint nun auch wieder; er hatte sich drüben zwei Paar Schweinswürstel gekauft und verzehrt nun selbe mit Appetit.

15. Szene

SCHÜRZINGER: Ich bin nur einmal mitgefahren. Ihr Fräulein Braut wollte aber noch einmal.
KASIMIR: Noch einmal.
SCHÜRZINGER: Bestimmt.
Stille.
KASIMIR: Bestimmt. Alsdann: Der Herr sind doch ein alter Bekannter von meiner Fräulein Braut?
SCHÜRZINGER: Wieso?
KASIMIR: Was wieso?
SCHÜRZINGER: Nein das muß ein Irrtum sein. Ich kenne Ihr Fräulein Braut erst seit zuvor dort bei dem Eismann – da sind wir so unwillkürlich ins Gespräch gekommen.
KASIMIR: Unwillkürlich –
SCHÜRZINGER: Absolut.
KASIMIR: Das auch noch.
SCHÜRZINGER: Warum?
KASIMIR: Weil das sehr eigenartig ist. Nämlich mein Fräulein Braut sagte mir zuvor, daß sie Ihnen schon seit langem kennt. Schon seit lang, sagte sie.
DER MERKL FRANZ: Peinsam.
Stille.
SCHÜRZINGER: Das tut mir aber leid.
KASIMIR: Also stimmt das jetzt oder stimmt das jetzt nicht? Ich möchte nämlich da klar sehen. Von Mann zu Mann.
Stille.
SCHÜRZINGER: Nein. Es stimmt nicht.
KASIMIR: Ehrenwort?
SCHÜRZINGER: Ehrenwort.

KASIMIR: Ich danke.
Stille.
DER MERKL FRANZ: In diesem Sinne kommst du auf keinen grünen Zweig nicht, lieber guter alter Freund. Hau ihm doch eine aufs Maul –
KASIMIR: Mische dich bitte da nicht hinein!
DER MERKL FRANZ: Huste mich nicht so schwach an! Du Nasenbohrer.
KASIMIR: Ich bin kein Nasenbohrer!
DER MERKL FRANZ: Du wirst es ja schon noch erleben, wo du landen wirst mit derartig nachsichtigen Methoden! Ich seh dich ja schon einen Kniefall machen vor dem offiziellen Hausfreund deiner eignen Braut! Küsse nur die Spur ihres Trittes – du wirst ihr auch noch die Schleppe tragen und dich mit einer besonderen Wonne unter ihre Schweißfüße beugen, du Masochist!
KASIMIR: Ich bin kein Masochist! Ich bin ein anständiger Mensch!
Stille.
DER MERKL FRANZ: Das ist der Dank. Man will dir helfen und du wirst anzüglich. Stehen lassen sollte ich dich da wo du stehst!
ERNA: Komm Franz!
Der Merkl Franz kneift sie in den Arm.
Au! Au –
DER MERKL FRANZ: Und wenn du dich noch so sehr windest! Ich bleibe, solange ich Lust dazu habe – in einer solchen Situation darf man seinen Freund nicht allein lassen.

16. Szene

Karoline erscheint.
Stille.

17. Szene

KASIMIR *nähert sich langsam Karoline und hält dicht vor ihr:* Ich habe dich zuvor gefragt, wie du das verstanden haben willst, daß wir zwei eventuell nicht mehr zueinander passen. Und du hast gesagt: eventuell. Hast du gesagt.

KAROLINE: Und du hast gesagt, daß ich dich verlasse, weil du abgebaut worden bist. Das ist eine ganz tiefe Beleidigung. Eine wertvolle Frau hängt höchstens noch mehr an dem Manne, zu dem sie gehört, wenn es diesem Manne schlecht geht.

KASIMIR: Bist du eine wertvolle Frau?

KAROLINE: Das mußt du selber wissen.

KASIMIR: Und du hängst jetzt noch mehr an mir?

Karoline schweigt.

Du sollst mir jetzt eine Antwort geben.

KAROLINE: Ich kann dir darauf keine Antwort geben. Das mußt du fühlen.

Stille.

KASIMIR: Warum lügst du?

KAROLINE: Ich lüge nicht.

KASIMIR: Doch. Und zwar ganz ohne Schamgefühl.

Stille.

KAROLINE: Wann soll denn das gewesen sein?

KASIMIR: Zuvor. Da hast du gesagt, daß du diesen Herrn dort schon lange kennst. Seit schon lang, hast du gesagt. Und derweil ist das doch nur so eine Oktoberfestbekanntschaft. Warum hast du mich angelogen?

Stille.

KAROLINE: Ich war halt sehr verärgert.

KASIMIR: Das ist noch kein Grund.

KAROLINE: Bei einer Frau vielleicht schon.

KASIMIR: Nein.

Stille.

KAROLINE: Eigentlich wollte ich ja nur ein Eis essen – aber dann haben wir über den Zeppelin gesprochen. Du bist doch sonst nicht so kleinlich.

KASIMIR: Das kann ich jetzt nicht so einfach überwinden.
KAROLINE: Ich habe doch nur mit der Achterbahn fahren wollen.
Stille.
KASIMIR: Wenn du gesagt hättest: lieber Kasimir, ich möchte gerne mit der Achterbahn fahren, weil ich das so gerne möchte – dann hätte der Kasimir gesagt: fahre zu mit deiner Achterbahn!
KAROLINE: So stell dich doch nicht so edel hin!
KASIMIR: Schleim dich nur ruhig aus. Wer ist denn das eigentlich?
KAROLINE: Das ist ein gebildeter Mensch. Ein Zuschneider.
Stille.
KASIMIR: Du meinst also, daß ein Zuschneider etwas Gebildeteres ist wie ein ehrlicher Chauffeur?
KAROLINE: Geh verdrehe doch nicht immer die Tatsachen.
KASIMIR: Das überlasse ich dir! Ich konstatiere, daß du mich angelogen hast und zwar ganz ohne Grund! So schwing dich doch mit deinem gebildeten Herrn Zuschneider! Das sind freilich die feineren Kavaliere als wie so ein armer Hund, der wo gestern abgebaut worden ist!
KAROLINE: Und nur weil du abgebaut worden bist, soll ich jetzt vielleicht weinen? Gönnst einem schon gar kein Vergnügen, du Egoist.
KASIMIR: Seit wann bin ich denn ein Egoist? Jetzt muß ich aber direkt lachen! Hier dreht es sich doch nicht um deine Achterbahn, sondern um dein unqualifizierbares Benehmen, indem daß du mich angelogen hast!
SCHÜRZINGER: Pardon –
DER MERKL FRANZ *unterbricht ihn:* Jetzt halt aber endlich dein Maul, und schau daß du dich verrollst! Fahr ab sag ich!
KASIMIR: Laß ihn laufen, Merkl! Die zwei passen prima zusammen! *Zu Karoline.* Du Zuschneidermensch!
Stille.

KAROLINE: Was hast du da jetzt gesagt?
DER MERKL FRANZ: Er hat jetzt da gesagt: Zuschneidermensch. Oder Nutte, wie der Berliner sagt.
SCHÜRZINGER: Kommen Sie, Fräulein!
KAROLINE: Ja. Jetzt komme ich –
Ab mit dem Schürzinger.

18. Szene

DER MERKL FRANZ *sieht ihnen nach:* Glückliche Reise!
KASIMIR: Zu zweit.
DER MERKL FRANZ: Weiber gibts wie Mist! *Zu Erna.* Wie Mist.
ERNA: Sei doch nicht so ordinär. Was hab ich denn dir getan?
DER MERKL FRANZ: Du bist eben auch nur ein Weib. So und jetzt kauft sich der Merkl Franz eine Tasse Bier. Von wegen der lieblicheren Gedanken. Kasimir, geh mit!
KASIMIR: Nein. Ich geh jetzt nachhaus und leg mich ins Bett.
Ab.

19. Szene

DER MERKL FRANZ *ruft ihm nach:* Gute Nacht!
Dunkel.

20. Szene

Das Orchester spielt nun die Parade der Zinnsoldaten.

21. Szene

Neuer Schauplatz:
Beim Tobogan.
Am Ende der Rinne, in welcher die Toboganbesucher am Hintern herunterrutschen. Wenn dabei die zuschauenden Herren Glück haben, dann können sie den herunterrutschenden Damen unter die Röcke sehen. Auch Rauch und Speer sehen zu.
Links ein Eismann mit türkischem Honig und Luftballons.
Rechts eine Hühnerbraterei, die aber wenig frequentiert wird, weil alles viel zu teuer ist. Jetzt rutschen gerade Elli und Maria in der Rinne herunter und man kann ihnen unter die Röcke sehen. Und die Luft ist voll Wiesenmusik.

22. Szene

Rauch zwinkert Elli und Maria zu, die wo sich mit ihren Büstenhaltern beschäftigen, welche sich durch das Herabrutschen verschoben haben.

ELLI: Ist das aber ein alter Hirsch.
MARIA: Reichlich.
ELLI: Ein Saubär ein ganz bremsiger.
MARIA: Ich glaub, daß der andere ein Norddeutscher ist.
ELLI: Wieso weswegen?
MARIA: Das kenn ich am Hut. Und an die Schuh.
Rauch grinst noch immer.
ELLI *blickt ihn freundlich an – aber so, daß er es nicht hören kann:* Schnallentreiber dreckiger.
Rauch grüßt geschmeichelt.
Wie zuvor: Guten Abend, Herr Nachttopf!
Rauch läuft das Wasser im Munde zusammen.
Wie zuvor: Das tät dir so passen, altes Scheißhaus – Denk lieber ans Sterben als wie an das Gegenteil!
Fröhlich lachend ab mit Maria.

23. Szene

RAUCH: Geht los wie Blücher!
SPEER: Zwei hübsche Todsünden – was?
RAUCH: Trotz Krise und Politik – mein altes Oktoberfest, das bringt mir kein Brüning um. Hab ich übertrieben?
SPEER: Gediegen. Sehr gediegen!
RAUCH: Da sitzt doch noch der Dienstmann neben dem Geheimrat, der Kaufmann neben dem Gewerbetreibenden, der Minister neben dem Arbeiter – so lob ich mir die Demokratie!
Er tritt mit Speer an die Hühnerbraterei; die beiden Herren fressen nun ein zartes knuspriges Huhn und saufen Kirsch und Wiesenbier.

24. Szene

KAROLINE *kommt mit dem Schürzinger; sie etwas voraus – dann hält sie plötzlich und er natürlich auch:* Muß denn das sein, daß die Männer so mißtrauisch sind? Wo man schon alles tut, was sie wollen.
SCHÜRZINGER: Natürlich muß man sich als Mann immer in der Hand haben. Sie dürfen mich nicht falsch verstehen.
KAROLINE: Warum?
SCHÜRZINGER: Ich meine, weil ich zuvor eine Lanze für Ihren Herrn Bräutigam gebrochen hab. Er ist halt sehr aufgebracht – es ist das doch kein Kinderspiel so plötzlich auf der Straße zu liegen.
KAROLINE: Das schon. Aber das ist doch noch kein Grund, daß er sagt, daß ich eine Dirne bin. Man muß das immer trennen, die allgemeine Krise und das Private.
SCHÜRZINGER: Meiner Meinung nach sind aber diese beiden Komplexe unheilvoll miteinander verknüpft.
KAROLINE: Geh redens doch nicht immer so geschwollen daher! Ich kauf mir jetzt noch ein Eis. *Sie kauft*

sich bei dem Eismann Eis und auch der Schürzinger schleckt wieder eine Portion.

25. Szene

RAUCH *deutet fressend auf Karoline:* Was das Mädchen dort für einen netten Popo hat –
SPEER: Sehr nett.
RAUCH: Ein Mädchen ohne Popo ist kein Mädchen.
SPEER: Sehr richtig.

26. Szene

SCHÜRZINGER: Ich meine ja nur, daß man sich so eine Trennung genau überlegen muß mit allen ihren Konsequenzen.
KAROLINE: Mit was denn für Konsequenzen? Ich bin doch eine berufstätige Frau.
SCHÜRZINGER: Aber ich meine ja doch jetzt das seelische Moment.
Stille.
KAROLINE: Ich bin nicht so veranlagt, daß ich mich beschimpfen lasse. Ich bin ja sogar blöd, daß ich mich derart mit Haut und Haar an den Herrn Kasimir ausgeliefert habe – Ich hätt doch schon zweimal einen Beamten heiraten können mit Pensionsberechtigung.
Stille.
SCHÜRZINGER: Ich möchte es halt nur nicht gerne haben, daß das jetzt so herschaut, als wäre vielleicht ich an dieser Entfremdung zwischen ihm und Ihnen schuld – Ich habe nämlich schon einmal Mann und Frau entzweit. Nie wieder!
KAROLINE: Sie haben doch vorhin gesagt, daß wenn der Mann arbeitslos wird, daß dann hernach auch die Liebe von seiner Frau zu ihm hin nachläßt – und zwar automatisch.

21

SCHÜRZINGER: Das liegt in unserer Natur. Leider.
KAROLINE: Wie heißen sie denn eigentlich mit dem Vornamen?
SCHÜRZINGER: Eugen.
KAROLINE: Sie haben so ausgefallene Augen.
SCHÜRZINGER: Das haben mir schon manche gesagt.
KAROLINE: Bildens Ihnen nur nichts ein!
Stille.
SCHÜRZINGER: Gefällt Ihnen Eugen als Vorname?
KAROLINE: Unter Umständen.
Stille.
SCHÜRZINGER: Ich bin ein einsamer Mensch, Fräulein. Sehen Sie, meine Mutter zum Beispiel, die ist seit der Inflation taub und auch nicht mehr ganz richtig im Kopf, weil sie alles verloren hat – so habe ich jetzt keine Seele, mit der ich mich aussprechen kann.
KAROLINE: Habens denn keine Geschwister?
SCHÜRZINGER: Nein. Ich bin der einzige Sohn.
KAROLINE: Jetzt kann ich aber kein Eis mehr essen. *Ab mit dem Schürzinger.*

27. Szene

SPEER: Eine merkwürdige Jugend diese heutige Jugend. Wir haben ja seinerzeit auch Sport getrieben, aber so merkwürdig wenig Interesse für die Reize des geistigen Lebens –
RAUCH: Eine eigentlich unsinnige Jugend.
SPEER *lächelt:* Es bleibt ihnen zwar manches erspart.
RAUCH: Ich hab immer Glück gehabt.
SPEER: Ich auch, außer einmal.
RAUCH: War sie wenigstens hübsch?
SPEER: In der Nacht sind alle Katzen grau.
RAUCH *erhebt sein Glas:* Spezielles!

28. Szene

Karoline rutscht nun die Rinne herunter gefolgt von dem Schürzinger und Rauch und Speer können ihr unter die Röcke sehen.
Schürzinger erblickt Rauch, zuckt zusammen und grüßt überaus höflich, sogar gleich zweimal.

29. Szene

RAUCH *dankt überrascht; zu Speer:* Wer ist denn das? Jetzt grüßt mich da der Kavalier von dem netten Popo –

30. Szene

KAROLINE *beschäftigt sich nun auch mit ihrem Büstenhalter:* Wer ist denn das dort?
SCHÜRZINGER: Das ist er selbst. Kommerzienrat Rauch. Mein Chef. Sie kennen doch die große Firma – vier Stock hoch und auch noch nach hinten hinaus.
KAROLINE: Ach ja ja!
SCHÜRZINGER: Er hat zwar im Juni eine GmbH aus sich gemacht, aber nur pro forma von wegen der Steuer und so.

31. Szene

RAUCH *hatte sich mit Speer besprochen und nähert sich nun bereits etwas angetrunken dem Schürzinger:* Verzeihen Sie der Herr! Woher haben wir das Vergnügen?
SCHÜRZINGER: Mein Name ist Schürzinger, Herr Kommerzienrat.
RAUCH: Schürzinger?
SCHÜRZINGER: Kinderkonfektion. Abteilung Kindermäntel.

Stille.
RAUCH *zu Schürzinger:* Das Fräulein Braut?
KAROLINE: Nein.
Stille.
RAUCH *steckt dem Schürzinger eine Zigarre in den Mund:* Sehr angenehm! *Zu Karoline.* Dürfen der Herr Kommerzienrat das Fräulein zu einem Kirsch bitten?
KAROLINE: Nein danke. Ich kann keinen Kirsch vertragen. Ich möcht gern einen Samos.
RAUCH: Also einen Samos! *Er tritt an die Hühnerbraterei.* Einen Samos! *Zu Karoline.* Das ist mein bester Freund aus Erfurt in Thüringen – und ich stamme aus Weiden in der Oberpfalz. Auf Ihr Wohlsein, Fräulein! Und einen Kirsch für den jungen Mann da!
SCHÜRZINGER: Verzeihung, Herr Kommerzienrat – aber ich nehme nie Alkohol zu mir.

32. Szene

Kasimir erscheint und beobachtet.

33. Szene

RAUCH: Na wieso denn nicht?
SCHÜRZINGER: Weil ich ein Antialkoholiker bin, Herr Kommerzienrat.
SPEER: Aus Prinzip?
SCHÜRZINGER: Wie man so zu sagen pflegt.
RAUCH: Also derartige Prinzipien werden hier nicht anerkannt! Wir betrachten selbige als nichtexistent! Mit seinem Oberherrgott wird der junge Mann schon einen Kirsch kippen! Ex, Herr –
SCHÜRZINGER: Schürzinger. *Er leert das Glas und schneidet eine Grimasse.*
RAUCH: Schürzinger! Ich hatte mal einen Erzieher, der hieß auch Schürzinger. War das ein Rhinozeros! Noch einen Samos! Und noch einen Kirsch für den

Herrn Antialkoholiker – den haben wir jetzt entjungfert in Sachen Alkohol. Sie vielleicht auch, Fräulein?

KAROLINE: Oh nein! Ich trink nur nichts Konzentriertes und das gemischte Zeug hab ich schon gar nicht gern – *Sie erblickt Kasimir.*

34. Szene

Kasimir winkt sie zu sich heran.
Karoline folgt nicht.
Kasimir winkt deutlicher.
Karoline leert den Samos, stellt dann das Glas trotzig und umständlich hin und nähert sich langsam Kasimir.

35. Szene

RAUCH: Wer ist denn das? Don Quichotte?
SCHÜRZINGER: Das ist der Bräutigam von dem Fräulein.
SPEER: Tableau!
SCHÜRZINGER: Sie möcht aber nichts mehr von ihm wissen.
RAUCH: Schon wieder angenehmer!

36. Szene

KAROLINE: Was willst du denn schon wieder?
Stille.
KASIMIR: Was sind denn das dort für Leute?
KAROLINE: Lauter alte Bekannte.
KASIMIR: Sei nicht boshaft bitte.
KAROLINE: Ich bin nicht boshaft. Der Dicke dort ist der berühmte Kommerzienrat Rauch, der wo Alleininhaber ist. Und der andere kommt aus Norddeutschland. Ein Landgerichtsdirektor.
KASIMIR: Also lauter bessere Menschen. Du kannst mich jetzt nicht mehr aufregen.

Stille.

KAROLINE: Was willst du noch?

KASIMIR: Ich hab dich um Verzeihung bitten wollen von wegen meinem Mißtrauen und daß ich zuvor so grob zu dir war. Nein das war nicht schön von mir. Wirst du mir das verzeihen?

KAROLINE: Ja.

KASIMIR: Ich danke dir. Jetzt geht es mir schon wieder anders – *Er lächelt.*

KAROLINE: Du verkennst deine Lage.

KASIMIR: Was für eine Lage?

Stille.

KAROLINE: Es hat keinen Sinn mehr, Kasimir. Ich hab mir das überlegt und habe mich genau geprüft – *Sie wendet sich der Schnapsbude zu.*

KASIMIR: Aber das sind doch dort keine Menschen für dich! Die nützen dich doch nur aus zu ihrem Vergnügen!

KAROLINE: So sei doch nicht so sentimental. Das Leben ist hart und eine Frau, die wo etwas erreichen will, muß einen einflußreichen Mann immer bei seinem Gefühlsleben packen.

KASIMIR: Hast du mich auch dort gepackt?

KAROLINE: Ja.

Stille.

KASIMIR: Das ist nicht wahr.

KAROLINE: Doch.

Stille.

KASIMIR: Was willst du denn durch diese Herrschaften dort erreichen?

KAROLINE: Eine höhere gesellschaftliche Stufe und so.

KASIMIR: Das ist aber eine neue Ansicht, die du da hast.

KAROLINE: Nein, das ist keine neue Ansicht – aber ich habe mich von dir tyrannisieren lassen und habe es dir nachgesagt, daß eine Büroangestellte auch nur eine Proletarierin ist! Aber da drinnen in meiner Seele habe ich immer anders gedacht! Mein Herz und mein Hirn waren ja umnebelt, weil ich dir hörig war! Aber jetzt ist das aus.

KASIMIR: Aus?
KAROLINE: Du sagst es.
Stille.
KASIMIR: So. Hm. Also das wird dann schon so sein. Der Kasimir ist halt abgebaut. So und nicht anders. Da gibt es keine Ausnahmen. Lächerlich.
KAROLINE: Hast du mir noch etwas zu sagen?
Stille.
KASIMIR: Lang bin ich herumgeschlichen und hab es mir überlegt, ob ich dich nämlich um Verzeihung bitten soll – aber jetzt tut es mir leid. *Ab.*

37. Szene

Karoline sieht ihm nach und wendet sich dann wieder der Schnapsbude zu.
Dunkel.

38. Szene

Das Orchester spielt nun die letzte Rose.

39. Szene

Neuer Schauplatz: Bei den Abnormitäten.
Drinnen im Zuschauerraum. Es ist gesteckt voll. Auch Rauch, Speer, Karoline und der Schürzinger sitzen drinnen.

40. Szene

DER AUSRUFER: Als fünftes darf ich Ihnen nun vorstellen den Mann mit dem Bulldoggkopf!
Der Mann mit dem Bulldoggkopf betritt die Bühne.
Johann, der Mann mit dem Bulldoggkopf, ist vorgestern sechzehn Jahre alt geworden. Wie Sie sehen,

sind seine Unterkieferknochen abnorm stark ausgeprägt, so daß er mit seiner Unterlippe ohne weiteres bequem seine Nase bedecken kann.
Der Mann mit dem Bulldoggkopf tut es.
Johann kann seinen Mund nicht öffnen und wird daher künstlich ernährt. Man könnte ihm zwar durch eine überaus schwierige Operation den Mund öffnen, aber dann hinwiederum könnte er seinen Mund nie schließen. Sie sehen hier, was die Natur für Spiele zu betreiben beliebt und welch seltsame Menschen auf unserer Erde hausen.
Der Mann mit dem Bulldoggkopf verbeugt sich und ab.

41. Szene

DER AUSRUFER: Und nun, meine Herrschaften, kommen wir zur sechsten Nummer und damit zum Clou unserer Serie. Juanita, das Gorillamädchen!
Juanita betritt die Bühne.
Juanita wurde in einem kleinen Dorfe bei Zwickau geboren. Wieso es gekommen war, daß sie in Hinsicht auf ihre körperliche Gestaltung nicht wie andere Menschenkinder das Licht der Welt erblickt hatte, das ist ein Rätsel der Wissenschaft. Wie sich die Herrschaften überzeugen können, ist Juanita am ganzen Leibe tierisch behaart und auch die Anordnung der inneren Organe ist wie bei einem Tier –

42. Szene

Surren in der Luft, und zwar immer stärker und stärker; draußen Geheul und allgemeiner Musiktusch.

RAUCH *schnellt empor:* Der Zeppelin! Der Zeppelin!
Ohrenbetäubendes Surren, die Zuschauer stürzen in das Freie – und nun beschreibt der Zeppelin einige Schleifen über der Oktoberfestwiese.

43. Szene

Juanita will auch hinaus.

DER AUSRUFER: Zurück! Meschugge?
JUANITA: Aber der Zeppelin –
DER AUSRUFER: Aber ausgeschlossen! Unmöglich! Zurück!

44. Szene

Der Mann mit dem Bulldoggkopf erscheint mit den übrigen Abnormitäten, der dicken Dame, dem Riesen, dem jungen Mädchen mit Bart, dem Kamelmenschen und den zusammengewachsenen Zwillingen.

DER AUSRUFER: Ja wer hat euch denn gerufen?! Was nehmt ihr euch denn da heraus?!
DIE DICKE DAME: Aber der Zeppelin –

45. Szene

DER LILIPUTANER *erscheint auf der Bühne mit einer Hundepeitsche:* Heinrich! Was gibts denn da?
DER AUSRUFER: Direktor! Die Krüppel sind wahnsinnig geworden! Sie möchten den Zeppelin sehen!
DER LILIPUTANER *scharf:* Sonst noch was fällig?!
Stille.
Auf die Plätze! Aber schleunigst bitte! Was braucht ihr einen Zeppelin zu sehen – wenn man euch draußen sieht, sind wir pleite! Das ist ja Bolschewismus!
JUANITA: Also beschimpfen laß ich mich nicht! *Sie weint.*
Der Mann mit dem Bulldoggkopf röchelt, wankt und faßt sich ans Herz.
DIE DICKE DAME: Johann! Johann –
DER LILIPUTANER: Raus mit euch! Marsch marsch!

DIE DICKE DAME *stützt den Mann mit dem Bulldoggkopf:* Der arme Johann – er hat doch so ein schwaches Herz – *Sie zieht sich zurück mit den übrigen Abnormitäten, nur Juanita bleibt zurück.*

46. Szene

DER LILIPUTANER *plötzlich sanft:* Also nur nicht weinen, kleine Juanita – hier hast du Bonbons – schöne Pralinen –
JUANITA: Sie sollen mich nicht immer beschimpfen, Herr Direktor – das ist doch wirklich schon unchristlich.
DER LILIPUTANER: Nichts für ungut. Da – *Er übergibt ihr die Pralinen und ab.*

47. Szene

Juanita verzehrt apathisch die Pralinen – inzwischen erscheinen Karoline und der Schürzinger wieder im Zuschauerraum und setzen sich in die hinterste Bankreihe.

48. Szene

KAROLINE: Er sieht schön aus, der Zeppelin – auch in der Nacht, so beleuchtet. Aber wir fliegen ja nicht mit.
SCHÜRZINGER: Bestimmt.
KAROLINE: Sie schaun mich so komisch an.
SCHÜRZINGER: Sie mich auch.
Stille.
KAROLINE: Ich glaub, ich habe schon einen kleinen sitzen. Und Sie haben noch nie einen Alkohol getrunken?
SCHÜRZINGER: Noch nie.

KAROLINE: Und auch sonst sind der Herr so zurückhaltend?
SCHÜRZINGER: Das wieder weniger eigentlich.
Karoline gibt ihm plötzlich einen kurzen Kuß.
Stille.
Jetzt kenn ich mich nicht mehr aus. Ist das jetzt der Alkohol oder – es geht nämlich etwas vor in mir, was ich nicht kontrollieren kann. Wenn man zum Beispiel Geld hätte –
KAROLINE *unterbricht ihn:* Geh sei doch nicht so fad!
Stille.
SCHÜRZINGER: Sind wir jetzt per du?
KAROLINE: Für diesen heutigen Abend –
SCHÜRZINGER: Und für sonst?
KAROLINE: Vielleicht!
Stille.

49. Szene

Rauch erscheint nun auch wieder im Zuschauerraum – er erblickt Karoline und Schürzinger, hält knapp beim Eingang und lauscht.

KAROLINE: Du heißt Eugen?
SCHÜRZINGER: Ja.
KAROLINE: Und ich heiße Karoline. Warum lachst du jetzt?
SCHÜRZINGER: Weil ich mich freu.
RAUCH: Und ich heiße Konrad.
Schürzinger zuckt zusammen und Karoline ebenfalls.
Stille.
Schürzinger erhebt sich.
Grinst und droht neckisch mit dem Zeigefinger. Nanana, böses Karolinchen – wer sitzt denn da drinnen, während draußen der Zeppelin fliegt?
KAROLINE: Oh den Zeppelin, den kenne ich schon auswendig!
RAUCH *fixiert Schürzinger; verärgert:* Ich gratuliere.

Schürzinger verbeugt sich unangenehm berührt.
Grimmig. Nur so weiter! Lassen Sie sich nur nicht stören in ihrer angeregten Unterhaltung –
SCHÜRZINGER: Herr Kommerzienrat! Angeregt ist anders, wie man so zu sagen pflegt – *Er lächelt höflich und setzt sich wieder.*
RAUCH: Anders?

50. Szene

SPEER *ist Rauch gefolgt:* Ein widerlicher Bursche!
RAUCH: Ein Zyniker.
SPEER: Schmiert sich da an Karolinchen an, während wir dem Zepp folgen.
RAUCH: Es wird sich da bald ausgeschmiert haben.

51. Szene

Das Orchester intoniert nun piano den Radetzkymarsch und die Zuschauer betreten nun wieder den Zuschauerraum, weil der Zeppelin bereits unterwegs nach Friedrichshafen ist. Als alles wieder sitzt, bricht das Orchester ab, und zwar mitten im Takt.

52. Szene

KAROLINE: Wie willst du das verstanden haben, daß du nicht angeregt bist?
SCHÜRZINGER: Aber das war doch nur eine momentane Taktik.
KAROLINE: Ich höre dich schon gehen. Du bist also ein berechnender Mensch. Auch in der Liebe?
SCHÜRZINGER: Nein das ist ein krasses Mißverständnis, was du da nämlich jetzt denkst.
KAROLINE: Ich denke ja gar nichts, ich sage es ja nur.

53. Szene

DER AUSRUFER *schlägt auf den Gong:* Meine Damen und Herren! Wir waren dort stehen geblieben, daß Juanita auf dem ganzen Leibe tierisch behaart und daß auch die Anordnung ihrer inneren Organe wie bei einem Tiere ist. Trotzdem hat Juanita aber eine äußerst rege Phantasie. So spricht sie perfekt englisch und französisch und das hat sie sich mit zähem Fleiß selbst beigebracht. Und nun wird sich Juanita erlauben, den Herrschaften eine Probe ihrer prächtigen Naturstimme zu geben! Darf ich bitten –
Auf einem ausgeleierten Piano ertönt die Barcarole aus Hoffmanns Erzählungen.

54. Szene

JUANITA *singt – und während sie singt, legt Schürzinger seinen Arm um Karolinens Taille und auch ihre Waden respektive Schienbeine berühren sich:*

Schöne Nacht, du Liebesnacht
Oh stille mein Verlangen!
Süßer als der Tag uns lacht
Die schöne Liebesnacht.
Flüchtig weicht die Zeit unwiederbringlich unserer Liebe
Fern von diesem lauschigen Ort entweicht die flüchtige Zeit

Zephire lind und sacht
Die uns kosend umfangen
Zephire haben sacht
Sanfte Küsse gebracht –
Ach.
Schöne Nacht, du Liebesnacht
Oh stille mein Verlangen.
Süßer als der Tag uns lacht
Die schöne Liebesnacht –
Ach.

55. Szene

Schon während der letzten Strophen fiel der Vorhang. Nun hat Juanita ihr Lied beendet und der Liliputaner geht vor dem Vorhang von rechts nach links über die Bühne. Er hält eine Tafel in den Händen und auf dieser Tafel steht: »Pause«.

56. Szene

Pause.

57. Szene

Und wieder wird es dunkel im Zuschauerraum und das Orchester spielt den bayerischen Defiliermarsch von Scherzer. Hierauf hebt sich wieder der Vorhang.

58. Szene

Schauplatz:
Beim Wagnerbräu.
Mit der festlichen Blechmusikkapelle. Der Merkl Franz ist aufgeräumt und seine Erna mehr bescheiden, während Kasimir melancholisch daneben hockt.

59. Szene

ALLES *außer Kasimir, singt zur Blechmusik:*
    Solang der alte Peter
    Am Petersbergerl steht
    Solang die grüne Isar
    Durchs Münchnerstadterl fließt
    Solang am Platzl drunten
    Noch steht das Hofbräuhaus

Solang stirbt die Gemütlichkeit
Zu München nimmer aus
Solang stirbt die Gemütlichkeit
Zu München nimmer aus!
Ein Prosit, ein Prosit der Gemütlichkeit! 5
Eins, zwei, drei – gsuffa!

60. Szene

DER MERKL FRANZ: Prost Kasimir! Sauf damit du etwas wirst!
KASIMIR: Was soll ich denn schon werden? Vielleicht 10 gar ein Kommerzienrat!
DER MERKL FRANZ: So gründ doch eine neue Partei! Und werd Finanzminister!
KASIMIR: Wer den Schaden hat, hat auch den Spott.
DER MERKL FRANZ: Wem nicht zu raten ist, dem ist 15 nicht zu helfen.
Stille.
KASIMIR: Jetzt bin ich ein Kraftwagenführer und habe den Führerschein A drei und den Führerschein B drei. 20
DER MERKL FRANZ: Sei nur froh, daß du deine Braut nicht mehr hast, diese arrogante Person!
KASIMIR: Das Fräulein sind halt eine Büroangestellte.
DER MERKL FRANZ: Das ist noch kein Entschuldigungsgrund. 25
KASIMIR: Überhaupt sind alle Weiber minderwertige Subjekte – Anwesende natürlich ausgenommen. Sie verkaufen ihre Seele und verraten in diesem speziellen Falle mich wegen einer Achterbahn.
ERNA: Wenn ich ein Mann wär, dann tät ich keine Frau 30 anrühren. Ich vertrag schon den Geruch nicht von einer Frau. Besonders im Winter.

61. Szene

ALLES *außer Kasimir, singt nun wieder zur Blechmusik:*
Ich schieß den Hirsch im wilden Forst
Im dunklen Wald das Reh
Den Adler auf der Klippe Horst
Die Ente auf dem See.
Kein Ort der Schutz gewähren kann
Wenn meine Büchse knallt –
Und dennoch hab ich harter Mann
die Liebe schon gespürt.
Plötzlich Stille.

62. Szene

KASIMIR: Und dennoch hab ich harter Mann die Liebe schon gespürt – und die ist ein Himmelslicht und macht deine Hütte zu einem Goldpalast – und sie höret nimmer auf, solang du nämlich nicht arbeitslos wirst. Was sind denn das schon überhaupt für Ideale von wegen dem seelischen Ineinanderhineinfließen zweier Menschen? Adam und Eva! Ich scheiß dir was auf den Kontakt – da hab ich jetzt noch ein Kapital von rund vier Mark, aber heut sauf ich mich an und dann häng ich mich auf – und morgen werden die Leut sagen: Es hat einmal einen armen Kasimir gegeben –
DER MERKL FRANZ: Einen Dreck werden die Leut sagen! Da sterben ja täglich Tausende – und sind schon vergessen, bevor daß sie sterben! Vielleicht, daß wenn du ein politischer Toter wärst, nachher tätst noch mit einem Pomp begraben werden, aber schon morgen vergessen – vergessen!
KASIMIR: Ja man ist ziemlich allein.
DER MERKL FRANZ: Prost Arschloch!

63. Szene

ALLES *außer Kasimir, singt nun abermals zur Blechmusik:*
Trink, trink Brüderlein trink
Lasse die Sorgen zuhaus
Deinen Kummer und deinen Schmerz
Dann ist das Leben ein Scherz
Deinen Kummer und deinen Schmerz
Dann ist das Leben ein Scherz.
Plötzlich Stille.

64. Szene

KASIMIR *erhebt sich:* So. Jetzt werd ich aber elementar. Eigentlich sollt ich jetzt zur Karoline nachhause gehen und ihr alle Kleider aus ihrem Kleiderschrank herausreißen und zerreißen, bis die Fetzen fliegen! Jetzt werd ich aber ganz ekelhaft! *Wankend ab.*

65. Szene

ERNA: Wo geht denn der da hin?
DER MERKL FRANZ: Wenn er nicht hineinfallt, kommt er wieder heraus.
ERNA: Ich hab nämlich direkt Angst –
DER MERKL FRANZ: Der tut sich doch nichts an.
ERNA: Aber ich glaub es nicht, daß der eine robuste Natur ist. Der ist mehr empfindsam.
DER MERKL FRANZ: Du hast ja eine scharfe Beobachtungsgabe.
Stille.
ERNA: Du Franz – laß ihn doch laufen bitte.
DER MERKL FRANZ: Wen?
ERNA: Den Kasimir.
DER MERKL FRANZ: Wieso laufen lassen?
ERNA: Der paßt doch nicht zu uns, das hab ich jetzt direkt im Gefühl. Beeinflusse ihn nicht bitte.

DER MERKL FRANZ: Und warum nicht?
ERNA: Weil das ist ja auch nichts, was wir da treiben.
DER MERKL FRANZ: Seit wann denn?
Stille.
ERNA: Geh so tu doch deine Finger aus meinem Bier!
DER MERKL FRANZ: Du hast eine scharfe Beobachtungsgabe.
ERNA: So tu doch die Finger da raus –
DER MERKL FRANZ: Nein. Das kühlt mich so angenehm. Mein heißes Blut. *Erna reißt plötzlich seine Hand aus ihrem Bierkrug. Der Merkl Franz grinst perplex.*

66. Szene

ALLES *außer Erna und dem Merkl Franz, singt nun wieder zur Blechmusik; Rauch, Speer, Karoline und Schürzinger gehen vorüber, mit dem Maßkrug in der Hand; Papiermützen auf dem Kopf und Scherzartikel in der Hand – auch sie singen natürlich mit:*
Trink, trink, Brüderlein trink
Lasse die Sorgen zuhaus
Deinen Kummer und deinen Schmerz
Dann ist das Leben ein Scherz!
Deinen Kummer und deinen Schmerz
Dann ist das Leben ein Scherz!
Plötzlich Stille.

67. Szene

KASIMIR *erscheint mit Elli und Maria – er hält beide umarmt:* Darf ich bekannt machen! Wir drei Hübschen haben uns gerade soeben vor der Toilette kennengelernt! Merkl, kannst du mir das Phänomen erklären, warum daß die Damenwelt immer zu zweit verschwindet?
MARIA: Pfui!
DER MERKL FRANZ: Hier gibt es kein Pfui, Fräulein!

KASIMIR: Wir sind alles nur Menschen! Besonders heute! *Er setzt sich und läßt Elli auf seinem Schoß Platz nehmen.*
ELLI *zum Merkl Franz:* Stimmt das jetzt, daß dieser Herr einen Kompressor besitzt.
DER MERKL FRANZ: Natürlich hat der einen Kompressor! Und was für einen!
MARIA *zu Elli:* Geh so lasse dich doch nicht so anschwindeln! Der und ein Kompressor!
KASIMIR *zu Maria:* Wenn der Kasimir sagt, daß er einen Kompressor hat, dann hat er aber auch einen Kompressor – merk dir das, du Mißgeburt!
ELLI *zu Maria:* So sei doch auch schon still.
KASIMIR *streichelt Elli:* Du bist ein anständiges Wesen, du gefällst mir jetzt. Du hast so schöne weiche Haare und einen glatten Teint.
ELLI: Ich möcht gern was zum trinken.
KASIMIR: Da! Sauf!
ELLI: Da ist ja kein Tropfen mehr drinnen.
KASIMIR: Bier her!
KELLNERIN *geht gerade vorbei und stellt ihm eine Maß hin:* Gleich zahlen bitte!
KASIMIR *kramt in seinen Taschen:* Zahlen bitte, zahlen bitte – ja Herrgottsackelzement, hab ich denn jetzt da schon das ganze Geld weg –
Kellnerin nimmt die Maß wieder mit.
Elli erhebt sich.
MARIA: Und so etwas möchte einen Kompressor haben? Ich hab es dir ja gleich gesagt, daß so etwas im besten Falle ein Fahrrad hat. Auf Abzahlung.
KASIMIR *zu Elli:* Komm, geh her –
ELLI *winkt:* Grüß dich Gott, Herr Kompressor – *Ab mit Maria.*

68. Szene

KASIMIR: Zahlen bitte – oh du mein armer Kasimir! Ohne Geld bist halt der letzte Hund!

DER MERKL FRANZ: Kasimir, der Philosoph.

KASIMIR: Wenn man nur wüßt, was daß man für eine Partei wählen soll –

DER MERKL FRANZ: Kasimir, der Politiker.

KASIMIR: Leck mich doch du am Arsch, Herr Merkl!
Stille.

DER MERKL FRANZ: Schau mich an.
Kasimir schaut ihn an.
Es gibt überhaupt keine politische Partei, bei der ich noch nicht dabei war, höchstens Splitter. Aber überall markieren die anständigen Leut den blöden Hund! In einer derartigen Weltsituation muß man es eben derartig machen, wie zum Beispiel ein gewisser Merkl Franz.

KASIMIR: Wie?

DER MERKL FRANZ: Einfach.
Stille.
Zum Beispiel habe ich mich in letzter Zeit spezialisiert – auf einen gewissen Paragraphen.

KASIMIR: Also mit Paragraphen soll man sich nicht einlassen.

DER MERKL FRANZ: Du Rindvieh. *Er hält dem Kasimir Zehnmarkscheine unter die Nase.*
Stille.

KASIMIR: Nein. So private Aktionen haben wenig Sinn.

ERNA: Dort drüben sitzt die Karoline.

KASIMIR *erhebt sich:* Wo?
Stille.

DER MERKL FRANZ: Sie hat dich erblickt.

KASIMIR: Aber sie geht nicht her.
Stille.

69. Szene

KASIMIR *hält nun eine Rede an die ferne Karoline:* Fräulein Karoline. Du mußt keineswegs hergehen, weil es halt jetzt ganz aus ist mit unseren Beziehungen, auch mit den menschlichen. Du kannst ja auch nichts dafür, dafür kann ja nur meine Arbeitslosigkeit etwas und das ist nur logisch, du Schlampen du elendiger! Aber wenn ich jetzt dem Merkl Franz folgen täte, dann wärest aber nur du daran schuld – weil ich jetzt innerlich leer bin. Du hast in mir drinnen gewohnt und bist aber seit heute ausgezogen aus mir – und jetzt stehe ich da wie das Rohr im Winde und kann mich nirgends anhalten – *Er setzt sich.*

70. Szene

Stille.

DER MERKL FRANZ: Also?

KASIMIR: Leergebrannt ist die Stätte.

DER MERKL FRANZ: Kasimir. Zum letztenmal: wem nicht zu raten ist, dem ist nicht zu helfen.

KASIMIR: Das weiß ich jetzt noch nicht.

DER MERKL FRANZ *streckt ihm seine Hand hin:* Das liegt in deiner Hand –

KASIMIR *stiert abwesend vor sich hin:* Ich weiß das jetzt noch nicht.

ERNA: So lasse ihn doch, wenn er nicht mag.

Stille.

Der Merkl Franz fixiert Erna grimmig – plötzlich schüttet er ihr sein Bier in das Gesicht.

Erna schnellt empor.

DER MERKL FRANZ *drückt sie auf ihren Platz zurück:* Da bleibst! Sonst tritt ich dir in das Gesicht!

71. Szene

ALLES *außer Kasimir, Erna und dem Merkl Franz, singt:*
  Und blühn einmal die Rosen
  Ist der Winter vorbei
  Nur der Mensch hat alleinig
  Einen einzigen Mai

Und die Vöglein die ziehen
Und fliegen wieder her
Nur der Mensch bald er fortgeht
Nachher kommt er nicht mehr.
Dunkel.

72. Szene

Nun spielt das Orchester die Petersburger Schlittenfahrt.

73. Szene

Neuer Schauplatz:
Im Hippodrom.
Rauch, Speer, Karoline und Schürzinger betreten es.

74. Szene

RAUCH *zu Karoline:* Na wie wärs mit einem kühnen Ritt? Wir sind doch hier im Hippodrom!
KAROLINE: Fein! Aber nur keinen Damensattel – von wegen dem festeren Halt.
RAUCH: Schneidig!
SPEER: Das Fräulein denkt kavalleristisch.
KAROLINE: Wenn ich einmal reit, möcht ich aber gleich zweimal reiten –
RAUCH: Auch dreimal!
KAROLINE: Fein! *Ab in die Manege.*

75. Szene

SPEER *ruft ihr nach:* Auch viermal!
RAUCH: Auch ixmal! *Er setzt sich mit Speer an ein Tischchen auf der Estrade und läßt Flaschenwein auffahren.*
Schürzinger bleibt aber drunten stehen und stiert Ka-

roline ständig nach; jetzt wird ein altes lahmes Pferd mit einem Damensattel, in dem ein zehnjähriges kurzsichtiges Mädchen sitzt, an der Estrade vorbei in die Manege geführt – gleich darauf ertönt Musik, die wo dann immer wieder mitten im Takt abbricht, wenn nämlich einige Runden vorbei sind und man neu bezahlen muß; auch Peitschengeknalle ist zu vernehmen; Schürzinger stellt sich auf einen Stuhl, um besser zusehen zu können; auch Rauch und Speer sehen natürlich zu.

76. Szene

RAUCH: Wacker! Prima!

SPEER: Eine Amazone!

RAUCH: Ein Talent! Da wackelt der Balkon! Radfahrende Mädchen erinnern von hinten an schwimmende Enten.

SPEER *wendet sich wieder dem Flaschenwein zu:* Mensch Rauch! Wie lange habe ich keinen Gaul mehr unter mir gehabt!

RAUCH: Tatsächlich?

SPEER: 1912 – da konnt ich mir noch zwei Pferde halten. Aber heute? Ein armer Richter. Wo sind die Zeiten! Das waren zwei Araber. Stuten. Rosalinde und Yvonne.

RAUCH *hat sich nun auch wieder dem Flaschenwein zugewandt:* Du hast doch auch spät geheiratet?

SPEER: Immer noch früh genug.

RAUCH: Das sowieso. *Er erhebt sein Glas.* Spezielles!
Stille.
Ich hab mein Weib nach Arosa und überallhin – der Junge ist ja kerngesund.

SPEER: Wann macht er denn seinen Doktor?

RAUCH: Nächstes Semester. Wir werden alt.
Stille.

SPEER: Ich bin schon zweimal Großpapa. Es bleibt immer etwas von einem zurück. Ein Körnchen.

77. Szene

Karoline erscheint nun wieder und möchte an dem Schürzinger vorbei, der noch immer auf dem Stuhle steht.

SCHÜRZINGER *gedämpft:* Halt! In deinem Interesse.
KAROLINE: Auweh.
SCHÜRZINGER: Wieso auweh?
KAROLINE: Weil wenn ein Mann so anfangt, dann hat er Hintergedanken.
SCHÜRZINGER *steigt langsam vom Stuhl herab und tritt dicht an Karoline heran:*
Ich habe keine Hintergedanken. Ich bin jetzt nämlich wieder etwas nüchterner geworden. Bitte trinke keinen Alkohol mehr.
KAROLINE: Nein. Heut trink ich was ich will.
SCHÜRZINGER: Du kannst es dir nicht ausmalen in deiner Phantasie, was die beiden Herrschaften dort über dich reden.
KAROLINE: Was reden sie denn über mich?
SCHÜRZINGER: Sie möchten dich betrunken machen.
KAROLINE: Oh ich vertrag viel.
Stille.
SCHÜRZINGER: Und dann sagt er es ganz offen heraus, der Herr Kommerzienrat.
KAROLINE: Was?
SCHÜRZINGER: Daß er dich haben möchte. Erotisch. Noch heute Nacht.
Stille.
KAROLINE: So. Also haben möchte er mich –
SCHÜRZINGER: Er sagt es vor mir, als wäre ich ein Nichts. So etwas ist doch keine Gesellschaft für dich. Das ist doch unter deiner Würde. Komm, empfehlen wir uns jetzt auf französisch –
KAROLINE: Wohin?
Stille.
SCHÜRZINGER: Wir können auch noch einen Tee trinken. Vielleicht bei mir.
Stille.

KAROLINE: Du bist auch nur ein Egoist. Akkurat der Herr Kasimir.
SCHÜRZINGER: Jetzt sprichst du spanisch.
KAROLINE: Jawohl, Herr Kasimir.
SCHÜRZINGER: Ich heiße Eugen.
KAROLINE: Und ich heiße Karoline.
Stille.
SCHÜRZINGER: Ich bin nämlich ein schüchterner Mensch. Und zuvor bei den Abnormitäten, da habe ich über eine gemeinsame Zukunft geträumt. Aber das war eben nur eine momentane Laune von einem gewissen Fräulein Karoline.
KAROLINE: Jawohl, Herr Eugen.
SCHÜRZINGER: Oft verschwendet man seine Gefühle –
KAROLINE: Menschen ohne Gefühl haben es viel leichter im Leben. *Sie läßt ihn stehen und wendet sich der Estrade zu; Schürzinger setzt sich nun auf den Stuhl.*

78. Szene

RAUCH: Ich gratuliere!
SPEER: Sie sind talentiert. Das sage ich Ihnen als alter Ulan.
KAROLINE: Ich dachte, der Herr wär ein Richter.
SPEER: Haben Sie schon mal einen Richter gesehen, der kein Offizier war? Ich nicht!
RAUCH: Es gibt schon einige –
SPEER: Juden!
KAROLINE: Also nur keine Politik bitte!
SPEER: Das ist doch keine Politik!
RAUCH: Ein politisch Lied ein garstig Lied – *Er prostet mit Karoline.* Auf unseren nächsten Ritt!
KAROLINE: Ich möchte ja sehr gerne noch reiten. Die dreimal waren so schnell herum.
RAUCH: Also noch einmal dreimal!
SPEER *erhebt sein Glas:* Rosalinde und Yvonne! Wo seid ihr jetzt? Ich grüße euch im Geiste! Was ist ein Kabriolet neben einem Gaul!

KAROLINE: Oh ein Kabriolet ist schon auch etwas Feudales!

SPEER *wehmütig:* Aber man hat doch nichts Organisches unter sich –

RAUCH *leise:* Darf ich Ihnen eröffnen, daß ich ein feudales Kabriolet besitze. Ich hoffe, Sie fahren mit.
Stille.

KAROLINE: Wohin?

RAUCH: Nach Altötting.

KAROLINE: Nach Altötting ja – *Ab wieder in die Manege – an dem Schürzinger vorbei, der nun einen seiner Mitesser in seinem Taschenspiegel aufmerksam betrachtet.*

79. Szene

Rauch ist nun bereits ziemlich betrunken – selig dirigiert er vor sich hin, als wäre er der Kapellmeister der Hippodrommusik; die spielt gerade einen Walzer.

SPEER *ist noch betrunkener:* Altötting? Wo liegt denn Altötting?

RAUCH *singt nach den Walzerklängen:* In meinem Kämmerlein – eins zwei drei – in meinem Bettelein – eins zwei drei – *Er summt.*

SPEER *boshaft:* Und dein Herr Angestellter dort?
Die Musik bricht ab mitten im Takt.
Rauch schlägt mit der Hand auf den Tisch und fixiert Speer gehässig.
Jetzt spielt die Musik wieder, und zwar ein Marschlied.

RAUCH *singt grimmig mit und fixiert den Speer noch immer dabei:* Ja wir sind Zigeuner
Wandern durch die Welt
Haben fesche Weiber
Die verdienens Geld
Dort auf jener Wiese
Hab ich sie gefragt
Ob sie mich mal ließe
»Ja« hat sie gelacht!

Die Musik bricht wieder plötzlich ab.
SPEER *noch boshafter:* Und Ihr Herr Angestellter dort?
RAUCH *brüllt ihn an:* Nur kein Neid! *Er erhebt sich und torkelt zu dem Schürzinger.*

80. Szene

RAUCH: Herr –
SCHÜRZINGER *ist aufgestanden:* Schürzinger.
RAUCH: Stimmt. Auffallend! *Er steckt ihm abermals eine Zigarre in den Mund.* Noch eine Zigarre – ein gelungener Abend.
SCHÜRZINGER: Sehr gelungen, Herr Kommerzienrat.
RAUCH: Apropos gelungen: Kennen Sie die historische Anekdote von Ludwig dem Fünfzehnten, König von Frankreich – Hören Sie her: Ludwig der Fünfzehnte ging eines Abends mit seinem Leutnant und dessen Braut in das Hippodrom. Und da hat sich jener Leutnant sehr bald verabschiedet, weil er sich überaus geehrt gefühlt hat, daß sein Monarch sich für seine Braut so irgendwie interessiert – Geehrt hat er sich gefühlt! Geehrt!
Stille.
SCHÜRZINGER: Ja diese Anekdote ist mir nicht unbekannt. Jener Leutnant wurde dann bald Oberleutnant –
RAUCH: So? Das ist mir neu.
Stille.
SCHÜRZINGER: Darf ich mich empfehlen, Herr Kommerzienrat – *Ab.*

81. Szene

SPEER *nähert sich Rauch; er ist nun total betrunken:* Herr Kommerzienrat. Sie sind wohl wahnsinnig geworden, daß Sie mich so anbrüllen – Sie wissen wohl nicht, wen Sie vor sich haben! Speer! Landgerichtsdirektor!

RAUCH: Freut mich!
SPEER: Sie mich auch!
Stille.
RAUCH: Lieber Werner, mir scheint, du bist besoffen.
SPEER: Ist das dein Ernst, Konrad?
RAUCH: Absolut.
Stille.
SPEER: Das Gericht zieht sich zur Beratung zurück. Das Gericht erklärt sich für nicht befangen. Keine Bewährungsfrist. Versagung mildernder Umstände. Keine Bewährungsfrist!
RAUCH *boshaft:* Gibts denn in Erfurt keine Mädchen?
SPEER: Kaum.
RAUCH *grinst:* Ja was machen denn da die Erfurter?
Speer fixiert ihn grimmig – plötzlich versetzt er ihm einen gewaltigen Stoß und tritt sogar nach ihm, erwischt ihn aber nicht.
Stille.
Soll eine vierzigjährige Freundschaft so zerbrechen?
SPEER: Im Namen des Königs – *Er hebt die Hand zum Schwur.* Bei dem Augenlichte meiner Enkelkinder schwör ich es dir, jetzt sind wir zwei getrennt – von Tisch und Bett!
Er torkelt ab.

82. Szene

RAUCH *sieht ihm nach:* Traurig, aber wahr – auch ein Reptil. Ein eifersüchtiges Reptil. Aber der Konrad Rauch, der stammt aus einem alten markigen Bauerngeschlecht und solche Paragraphen sind für ihn Papier! Trotz seiner zweiundsechzig Jahr! Au – *Er windet sich plötzlich und setzt sich auf Schürzingers Stuhl.* Was war denn jetzt das? – Hoffentlich werd ich heute Nacht nicht wieder schwindlig – der Joseph hat ja einen Blutsturz gehabt – Achtung, Achtung, Konrad Rauch! Achtung!

83. Szene

Karoline erscheint und sieht sich um.
Stille.
KAROLINE: Wo ist denn der Herr Schürzinger?
RAUCH: Er läßt sich bestens empfehlen.
Stille.
KAROLINE: Und der Herr Ulanenoffizier ist auch fort?
RAUCH: Wir sind allein.
Stille.
KAROLINE: Fahren wir wirklich nach Altötting?
RAUCH: Jetzt. *Er versucht aufzustehen, muß sich aber gleich wieder setzen, und zwar schmerzverzerrt.* Was verdienen Sie monatlich?
Stille.
KAROLINE: Fünfundfünfzig Mark.
RAUCH: Schön.
KAROLINE: Ich bin auch froh, daß ich das habe.
RAUCH: In der heutigen Zeit.
KAROLINE: Nur hat man so gar keinen Zukunftsblick. Höchstens, daß ich mich verdreifache. Aber dann bin ich schon grau.
RAUCH: Zukunft ist eine Beziehungsfrage – *jetzt erhebt er sich* – und Kommerzienrat Konrad Rauch ist eine Beziehung. Auf nach Altötting!
Musiktusch. Dunkel.

84. Szene

Nun spielt das Orchester das Mailüfterl.

85. Szene

Neuer Schauplatz: Auf dem Parkplatz für die Privatautos hinter der Oktoberfestwiese.
Im Vordergrund eine Bank. Der Merkl Franz taucht auf mit seiner Erna und Kasimir.

86. Szene

DER MERKL FRANZ: Alsdann hier hätten wir es. Es treibt sich da nämlich nur der bewußte eine Parkwächter herum – und der steht meistens dort drüben, weil man von dort die schönere Aussicht auf die Festwiese hat. Erna! Jetzt werd aber endlich munter!

ERNA: Ich bin noch naß von dem Bier.

DER MERKL FRANZ: Das war doch nur halb so tragisch gemeint.

ERNA: Tut es dir leid?

Stille.

DER MERKL FRANZ: Nein.

In der Ferne ertönt ein Pfiff.
Die drei Leut lauschen.

Kriminaler?

ERNA: Gib nur acht, Franz!

DER MERKL FRANZ: Apriori habt ihr das hier zu tun – wenn sich was Unrechts rühren sollte. Heut parken ja da allerhand hochkapitalistische Limousinen. Lauter Steuerhinterzieher – *Er verschwindet zwischen den Limousinen.*

87. Szene

KASIMIR *wie zu sich:* Auf Wiedersehen!

88. Szene

ERNA: Der Merkl hat doch eine komische Natur. Zuerst bringt er einen um und dann tut es ihm leid.

KASIMIR: Es ist halt kein durchschnittlicher Mensch.

ERNA: Weil er sehr intelligent ist. Der drückt so ein Autotürerl auf und ein Fensterscheiberl ein – da hörst aber keinen Laut.

KASIMIR: Es bleibt einem ja nichts anderes übrig.

ERNA: Das schon vielleicht.

Stille.

KASIMIR: Vorgestern, da hätt ich dem noch das Kreuz abgeschlagen und die Gurgel hergedruckt, der es sich herausgenommen hätte, sich etwas aus meinem Kabriolet herauszuholen – und heute ist das umgekehrt. So ändert man sich mit dem Leben.

ERNA: Heute seh ich so schlecht. Ich bin noch geblendet durch das Licht.

KASIMIR: Ich weniger.

Stille.

ERNA: Oft male ich mir eine Revolution aus – dann seh ich die Armen durch das Siegestor ziehen und die Reichen im Zeiserlwagen, weil sie alle miteinander gleich soviel lügen über die armen Leut – Sehens, bei so einer Revolution, da tät ich gerne mit der Fahne in der Hand sterben.

KASIMIR: Ich nicht.

ERNA: Meinen Bruder, den haben sie in einer Kiesgrube erschossen – Wissens seinerzeit nachdem damals der Krieg aus war – 1919.

KASIMIR: Das ist auch nichts.

ERNA: Aber mein Bruder hat sich doch aufgeopfert.

KASIMIR: Das wird ihm halt mehr Vergnügen gemacht haben, daß er sich aufgeopfert hat.

ERNA: Geh redens doch nicht so saudumm daher! Da hat ja noch selbst der Merkl Franz eine Achtung vor meinem toten Bruder!

Stille.

KASIMIR: Dann bin ich halt schlechter als wie der Merkl Franz.

ERNA: Weil Sie halt auch sehr verbittert sind.

KASIMIR: Ich glaub es aber nicht, daß ich gut bin.

ERNA: Aber die Menschen wären doch gar nicht schlecht, wenn es ihnen nicht schlecht gehen tät. Es ist das eine himmelschreiende Lüge, daß der Mensch schlecht ist.

89. Szene

DER MERKL FRANZ *kommt mit seiner Aktentasche zwischen den Limousinen hervor und nähert sich drohend Erna:* Was soll da jetzt eine himmelschreiende Lüge sein?

ERNA: Daß der Mensch schlecht ist.

DER MERKL FRANZ: Achso.
Stille.

ERNA: Es gibt überhaupt keine direkt schlechten Menschen.

DER MERKL FRANZ: Daß ich nicht lache.

KASIMIR: Der Mensch ist halt ein Produkt seiner Umgebung.

DER MERKL FRANZ: Da. Eine Aktentasche – *Er holt aus ihr ein Buch heraus und entziffert den Titel.* »Der erotische Komplex« – und ein Kuvert: Herrn Kommerzienrat Konrad Rauch – Ich meine, daß wir diese Bibliothek dem Herrn Kommerzienrat wieder zurückschenken könnten – *Zu Erna.* Oder hast du vielleicht Interesse an diesem erotischen Komplex?

ERNA: Nein.

DER MERKL FRANZ: Drum.

KASIMIR: Ich auch nein.

DER MERKL FRANZ: Brav. Sehr brav – Aber ihr müßt doch da so hin und her zum Scheine – das fällt doch auf, wenn ihr da so festgewurzelt herumsteht – *Er verschwindet wieder zwischen den Limousinen.*

90. Szene

ERNA: Also kommens hin und her –

KASIMIR: Verzeihen Sie mir bitte.

ERNA: Was denn?

KASIMIR: Nämlich das habe ich mir jetzt überlegt. Ja das war pfeilgerade pietätlos von mir – diese Anspielung zuvor mit Ihrem toten Bruder.

Stille.

ERNA: Das hab ich gewußt von Ihnen, Herr Kasimir. *Ab mit ihm.*

91. Szene

Nun spielt das Orchester den Militärmarsch 1822 von Schubert und es ist eine Zeit lang kein Mensch zu sehen; dann kommt Speer mit Elli und Maria; er ist wieder etwas nüchterner geworden, aber noch immer betrunken; das Orchester bricht mitten im Takt ab.

92. Szene

MARIA: Nein das sind hier nur Privatautos, die Mietautos stehen dort vorne ganz bei der Sanitätsstation.
Elli bleibt plötzlich zurück.
SPEER: Na was hat sie denn, das blonde Gift –
MARIA: Ich weiß nicht, was die hat. Das hat sie nämlich oft, daß sie plötzlich so streikt – *Sie ruft.* Elli!
Elli gibt keine Antwort.
Elli! So komme doch her!
Elli rührt sich nicht.
SPEER: Im Namen des Volkes!
MARIA: Ich werd sie schon holen – *Sie nähert sich Elli.*

93. Szene

MARIA *zu Elli:* So sei doch nicht so damisch!
ELLI: Nein. Ich tue da nicht mit.
Speer lauscht, hört aber nichts.
MARIA: Das habe ich gern – zuerst bist frech und herausfordernd zu den Herren der Schöpfung, aber dann ziehst du den Schwanz ein! So sei doch nicht so feig. Wir kriegen ja zehn Mark. Du fünf und ich fünf. Denk doch auch ein bißchen an deine Zahlungsbefehle.

Stille.

ELLI: Aber der alte Sauhund ist doch ganz pervers.

MARIA: Geh das ist doch nur Munderotik!

SPEER *senil:* Elli! Elli! Ellile – Ellile –

MARIA: Komm, sei friedlich – *Sie führt Elli zu Speer und ab.*

94. Szene

Nun ist wieder eine Zeit lang kein Mensch zu sehen und das Orchester fährt fort mit dem Militärmarsch 1822 von Schubert; dann kommt Rauch mit Karoline; sie halten vor seinem feudalen Kabriolet und er sucht den Schlüssel; und das Orchester bricht wieder mitten im Takt ab.

95. Szene

KAROLINE: Das ist doch da ein Austro-Daimler?

RAUCH: Erraten! Bravo!

KAROLINE: Mein ehemaliger Bräutigam hat auch einen Austro-Daimler gefahren. Er war nämlich ein Chauffeur. Ein komischer Mensch. Zum Beispiel vor drei Monaten da wollten wir zwei eine Spritztour machen hinaus in das Grüne – und da hat er einen Riesenkrach mit einem Kutscher bekommen, weil der seinen Gaul geprügelt hat. Denkens, wegen einem Gaul! Und dabei ist er selbst doch ein Chauffeur. Man muß das schon zu würdigen wissen.

RAUCH *hatte endlich seinen Schlüssel gefunden und öffnet nun die Wagentüre:* Darf man bitten, Gnädigste –

96. Szene

Kasimir kommt mit Erna wieder vorbei; er erblickt Karoline – sie erkennen und fixieren sich.

97. Szene

KAROLINE *läßt Rauch stehen und hält dicht vor Kasimir:*
Lebe wohl, Kasimir.
KASIMIR: Lebe wohl.
KAROLINE: Ja. Und viel Glück.
KASIMIR: Prost.
Stille.
KAROLINE: Ich fahre jetzt nach Altötting.
KASIMIR: Mahlzeit.
Stille.
Das ist ein schönes Kabriolet dort. Akkurat so ein ähnliches bin ich auch einmal gefahren. Noch vorgestern.
RAUCH: Darf man bitten, Gnädigste!
Karoline läßt Kasimir langsam stehen und steigt mit Rauch ein – und bald ist kein Kabriolet mehr zu sehen.

98. Szene

KASIMIR *sieht dem verschwundenen Kabriolet nach; er imitiert Rauch:* Darf man bitten, Gnädigste –
Dunkel.

99. Szene

Und wieder setzt das Orchester mit dem Militärmarsch 1822 von Schubert ein und spielt ihn zu Ende.

100. Szene

Neuer Schauplatz:
Vor der Sanitätsstation auf der Oktoberfestwiese.
Ein Sanitäter bemüht sich um Rauch, der auf einer Bank vor der Sanitätsbaracke sitzt und umständlich zwei Pillen mit Wasser schluckt. Karoline ist auch dabei.
Und die Luft ist noch immer voll Wiesenmusik.

101. Szene

KAROLINE *beobachtet Rauch:* Geht es Ihnen schon besser?
Rauch gibt keine Antwort, sondern legt sich rücklings auf die Bank.
DER SANITÄTER: Es geht ihm noch nicht besser, Fräulein.
Stille.
KAROLINE: Eigentlich haben wir ja nur nach Altötting fahren wollen, aber dann ist es ihm plötzlich schlecht geworden, dem Herrn Kommerzienrat – der Speichel ist ihm aus dem Munde heraus und wenn ich nicht im letzten Moment gebremst hätte, dann wären wir jetzt vielleicht schon hinüber.
DER SANITÄTER: Alsdann verdankt er Ihnen sein Leben.
KAROLINE: Wahrscheinlich.
DER SANITÄTER: Logischerweise. Indem daß Sie gebremst haben.
KAROLINE: Ja ich kenne mich aus mit der Fahrerei, weil mein ehemaliger Bräutigam ein Chauffeur gewesen ist.

102. Szene

Nun intoniert das Orchester piano den Walzer »Bist du's lachendes Glück?« und aus der Sanitätsbaracke treten Oktoberfestbesucher mit verbundenen Köpfen und Gliedmaßen, benommen und humpelnd – auch der Liliputaner und der Ausrufer befinden sich unter ihnen. Alle verziehen sich nach Hause und dann bricht das Orchester den Walzer wieder ab, und zwar mitten im Takt.

103. Szene

KAROLINE *leise:* Herr Sanitäter. Was ist denn passiert? Eine Katastrophe?
DER SANITÄTER: Warum?

KAROLINE: Ist denn die Achterbahn eingestürzt?

DER SANITÄTER: Weit gefehlt! Nur eine allgemeine Rauferei hat stattgefunden.

KAROLINE: Wegen was?

DER SANITÄTER: Wegen nichts.

Stille.

KAROLINE: Wegen nichts. Die Menschen sind halt wilde Tiere.

DER SANITÄTER: Sie werden sie nicht ändern.

KAROLINE: Trotzdem.

Stille.

DER SANITÄTER: Angeblich hat da so ein alter Casanova mit zwei Fräuleins in ein Mietauto einsteigen wollen und dabei ist er von einigen Halbwüchsigen belästigt worden. Angeblich soll der eine Halbwüchsige seinen Schuh ausgezogen haben und selben dem alten Casanova unter die Nase gehalten haben, damit daß der daran riechen soll – aber der hat halt nicht riechen wollen und da soll ihm ein anderer Halbwüchsiger einen Schlag in das Antlitz versetzt haben. Das Resultat war halt, daß in Null Komma Null hundert Personen gerauft haben, keiner hat mehr gewußt, was los ist, aber ein jeder hat nur um sich geschlagen. Die Leut sind halt alle nervös und vertragen nichts mehr.

104. Szene

DER ARZT *erscheint in der Türe der Sanitätsbaracke:* Sind die Tragbahren noch nicht da?

DER SANITÄTER: Noch nicht, Herr Doktor.

DER ARZT: Also wir haben sechs Gehirnerschütterungen, einen Kieferbruch, vier Armbrüche, davon einer kompliziert, und das andere sind Fleischwunden. Ein schöner Saustall sowas! Deutsche gegen Deutsche!
Ab.

105. Szene

KAROLINE: Kieferbruch – oh das muß weh tun.
DER SANITÄTER: Heutzutage ist das halb so schlimm in Anbetracht unserer Errungenschaften.
KAROLINE: Aber gezeichnet bist du für dein ganzes Leben, als hätte man dir ein Ohr abgeschnitten. Besonders als Frau.
DER SANITÄTER: Das ist aber keine Frau, dem sie da den Kiefer zerschlagen haben, sondern das ist akkurat besagter alter Casanova.
KAROLINE: Dann ist es schon gut.
DER SANITÄTER: Es ist das sogar ein hoher Justizmann. Aus Norddeutschland. Ein gewisser Speer.
RAUCH *hatte gehorcht und brüllt nun:* Was?! *Er erhebt sich.* Speer? Casanova? Justiz!? *Er faßt sich an das Herz.*
Stille.
KAROLINE: Regens Ihnen nur nicht auf, Herr Kommerzienrat –
RAUCH *fährt sie an:* Was stehens denn da noch herum, Fräulein? Leben Sie wohl! Habe die Ehre! Adieu!
Stille.
Kieferbruch. Armer alter Kamerad – Diese Sauweiber. Nicht mit der Feuerzange. Dreckiges Pack. Ausrotten. Ausrotten – alle!
KAROLINE: Das habe ich mir nicht verdient um Sie, Herr Kommerzienrat –
RAUCH: Verdient? Das auch noch?
Stille.
KAROLINE: Ich habe Ihnen das Leben gerettet.
RAUCH: Das Leben?
Stille.
Grinst. Tät Ihnen so passen –
Stille.
Adieu. *Zum Sanitäter.* Wo liegt er denn, der Herr Landgerichtsdirektor? Noch da drinnen?
DER SANITÄTER: Zu Befehl, Herr Kommerzienrat!

106. Szene

Rauch nähert sich langsam der Sanitätsbaracke – da erscheinen Elli und Maria in der Türe, und zwar Maria mit dem Arm in der Schlinge und Elli mit dick verbundenem Auge. Maria erkennt Rauch und fixiert ihn – auch Rauch erkennt sie und hält momentan.

107. Szene

MARIA *grinst:* Ah, der Herr Nachttopf – Schau Elli, schau –
ELLI *hebt den Kopf und versucht zu schauen:* Au mein Auge!
Stille.
Rauch richtet seine Krawatte und geht an Elli und Maria vorbei in die Sanitätsbaracke.
KAROLINE *kreischt plötzlich:* Auf Wiedersehen, Herr Nachttopf!
Dunkel.

108. Szene

Nun spielt das Orchester den Walzer »Bist du's lachendes Glück?«

109. Szene

Neuer Schauplatz:
Wieder auf dem Parkplatz, aber an einer anderen Stelle, dort wo die Fahnen der Ausstellung schon sichtbar werden.
Kasimir und Erna gehen noch immer auf und ab – plötzlich hält Kasimir. Und Erna auch.

110. Szene

KASIMIR: Wo steckt denn der Merkl?
ERNA: Der wird schon irgendwo stecken.
Stille.
KASIMIR: Und wo das Fräulein Karoline jetzt steckt, das ist mir wurscht.
ERNA: Nein das wäre keine Frau für Sie. Ich habe mir dafür einen Blick erworben.
KASIMIR: So ein Weib ist ein Auto, bei dem nichts richtig funktioniert – immer gehört es repariert. Das Benzin ist das Blut und der Magnet das Herz – und wenn der Funke zu schwach ist, entsteht eine Fehlzündung – und wenn zuviel Öl drin ist, dann raucht er und stinkt er –
ERNA: Was Sie für eine Phantasie haben. Das haben nämlich nur wenige Männer. Zum Beispiel der Merkl hat keine. Überhaupt haben Sie schon sehr recht, wenn Sie das sagen, daß der Merkl mich ungerecht behandelt – Nein! Das laß ich mir auch nicht weiter bieten – *Sie schreit plötzlich unterdrückt auf.* Jesus Maria Josef! Merkl! Franz! Jesus Maria – *Sie hält sich selbst den Mund zu und wimmert.*
KASIMIR: Was ist denn los?
ERNA: Dort – sie haben ihn. Franz! Sehens die beiden Kriminaler – Verzeih mir das, Franz! – Nein, ich schimpfe nicht, ich schimpfe nicht –
Stille.
KASIMIR: An allem ist nur dieses Luder schuld. Diese Schnallen. Dieses Fräulein Karoline!
ERNA: Er wehrt sich gar nicht – geht einfach mit – *Sie setzt sich auf die Bank.* Den seh ich nimmer.
KASIMIR: Geh den werdens doch nicht gleich hinrichten!
ERNA: Das kommt auf dasselbe hinaus. Weil er doch schon oft vorbestraft ist – da hauns ihm jetzt fünf Jahr Zuchthaus hinauf wie nichts – und dann kommt er nicht mehr heraus, weil er sich ja während seiner Vorstrafen schon längst eine Tuberkulose geholt hat – Der kommt nicht mehr heraus!

Stille.
KASIMIR: Sind Sie auch vorbestraft?
ERNA: Ja.
Kasimir setzt sich neben Erna.
Stille.
Was glauben Sie, wie alt daß ich bin?
KASIMIR: Fünfundzwanzig.
ERNA: Zwanzig.
KASIMIR: Wir sind halt heutzutag alle älter als wie wir sind.
Stille.
Dort kommt jetzt der Merkl.
ERNA *zuckt zusammen:* Wo?
Stille.

111. Szene

Der Merkl Franz geht nun mit einem Kriminaler vorbei, an dessen Handgelenk er gefesselt ist – er wirft noch einen letzten Blick auf Erna.

112. Szene

Stille.
ERNA: Der arme Franz. Der arme Mensch –
KASIMIR: So ist das Leben.
ERNA: Kaum fängt man an, schon ist es vorbei.
Stille.
KASIMIR: Ich habe es immer gesagt, daß so kriminelle Aktionen keinen Sinn haben – Mir scheint, ich werde mir den armen Merkl Franz als warnendes Beispiel vor Augen halten.
ERNA: Lieber stempeln.
KASIMIR: Lieber hungern.
ERNA: Ja.
Stille.
Ich hab es ja dem armen Franz gesagt, daß er Sie in

Ruhe lassen soll, weil ich das gleich im Gefühl gehabt habe, daß Sie anders sind – darum hat er mir ja auch das Bier in das Gesicht geschüttet.

KASIMIR: Darum?

ERNA: Ja. Wegen Ihnen.

KASIMIR: Das ist mir neu. Daß Sie da wegen mir – Verdiene ich denn das überhaupt?

ERNA: Das weiß ich nicht.

Stille.

KASIMIR: Ist das jetzt der Große Bär dort droben?

ERNA: Ja. Und das dort ist der Orion.

KASIMIR: Mit dem Schwert.

ERNA *lächelt leise:* Wie Sie sich das gemerkt haben –

Stille.

KASIMIR *starrt noch immer in den Himmel:* Die Welt ist halt unvollkommen.

ERNA: Man könnt sie schon etwas vollkommener machen.

KASIMIR: Sind Sie denn auch gesund? Ich meine jetzt, ob sie nicht auch etwa die Tuberkulose haben von diesem armen Menschen?

ERNA: Nein. Soweit bin ich ganz gesund.

Stille.

KASIMIR: Ich glaub, wir sind zwei verwandte Naturen.

ERNA: Mir ist es auch, als täten wir uns schon lange kennen.

Stille.

KASIMIR: Wie hat er denn geheißen, Ihr toter Bruder?

ERNA: Ludwig. Ludwig Reitmeier.

Stille.

KASIMIR: Ich war mal Chauffeur, bei einem gewissen Reitmeier. Der hat ein Wollwarengeschäft gehabt. En gros. *Er legt seinen Arm um ihre Schultern.*

ERNA *legt ihren Kopf an seine Brust:* Dort kommt jetzt die Karoline.

113. Szene

KAROLINE *kommt und sieht sich suchend um – erblickt Kasimir und Erna, nähert sich langsam und hält dicht vor der Bank:* Guten Abend, Kasimir.
Stille.
So schau doch nicht so ironisch.
KASIMIR: Das kann jede sagen.
Stille.
KAROLINE: Du hast schon recht.
KASIMIR: Wieso hernach?
KAROLINE: Eigentlich hab ich ja nur ein Eis essen wollen – aber dann ist der Zeppelin vorbeigeflogen und ich bin mit der Achterbahn gefahren. Und dann hast du gesagt, daß ich dich automatisch verlasse, weil du arbeitslos bist. Automatisch, hast du gesagt.
KASIMIR: Jawohl, Fräulein.
Stille.
KAROLINE: Ich habe es mir halt eingebildet, daß ich mir einen rosigeren Blick in die Zukunft erringen könnte – und einige Momente habe ich mit allerhand Gedanken gespielt. Aber ich müßt so tief unter mich hinunter, damit ich höher hinauf kann. Zum Beispiel habe ich dem Herrn Kommerzienrat das Leben gerettet, aber er hat nichts davon wissen wollen.
KASIMIR: Jawohl, Fräulein.
Stille.
KAROLINE: Du hast gesagt, daß der Herr Kommerzienrat mich nur zu seinem Vergnügen benützen möchte und daß ich zu dir gehöre – und da hast du schon sehr recht gehabt.
KASIMIR: Das ist mir jetzt wurscht! Jetzt bin ich darüber hinaus, Fräulein! Was tot ist, ist tot und es gibt keine Gespenster, besonders zwischen den Geschlechtern nicht!
Stille.
Karoline gibt ihm plötzlich einen Kuß.
Zurück! Brrr! Pfui Teufel!
Er spuckt aus. Brrr!

ERNA: Ich versteh das gar nicht, wie man als Frau so wenig Feingefühl haben kann.
KAROLINE *zu Kasimir:* Ist das die neue Karoline?
KASIMIR: Das geht dich einen Dreck was an, Fräulein!
KAROLINE: Und den Merkl Franz betrügen, ist das vielleicht ein Feingefühl?!
ERNA: Der Merkl Franz ist tot, Fräulein.
Stille.
KAROLINE: Tot? *Sie lacht – verstummt aber plötzlich; gehässig zu Erna.* Und das soll ich dir glauben, du Zuchthäuslerin?
KASIMIR: Geh halts Maul und fahr ab.
ERNA *zu Kasimir:* So lasse sie doch. Sie weiß ja nicht, was sie tut.
Stille.

114. Szene

KAROLINE *vor sich hin:* Man hat halt oft so eine Sehnsucht in sich – aber dann kehrt man zurück mit gebrochenen Flügeln und das Leben geht weiter, als wär man nie dabei gewesen –

115. Szene

SCHÜRZINGER *erscheint, und zwar aufgeräumt – mit einem Luftballon an einer Schnur aus seinem Knopfloch; er erblickt Karoline:* Ja wen sehen denn meine entzündeten Augen? Das ist aber schon direkt Schicksal, daß wir uns wiedertreffen. Karoline! Übermorgen wird der Leutnant Eugen Schürzinger ein Oberleutnant Eugen Schürzinger sein – und zwar in der Armee Seiner Majestät Ludwigs des Fünfzehnten – und das verdanke ich dir.
KAROLINE: Aber das muß ein Irrtum sein.
SCHÜRZINGER: Lächerlich!
Stille.

KAROLINE: Eugen. Ich habe dich vor den Kopf gestoßen und das soll man nicht, weil man alles zurückgezahlt bekommt –
SCHÜRZINGER: Du brauchst einen Menschen, Karoline –
KAROLINE: Es ist immer der gleiche Dreck.
SCHÜRZINGER: Pst! Es geht immer besser und besser.
KAROLINE: Wer sagt das?
SCHÜRZINGER: Coué.
Stille.
Also los. Es geht besser –
KAROLINE *sagt es ihm tonlos nach:* Es geht besser –
SCHÜRZINGER: Es geht immer besser, immer besser –
KAROLINE: Es geht immer besser, besser – immer besser –
Schürzinger umarmt sie und gibt ihr einen langen Kuß. Karoline wehrt sich nicht.
SCHÜRZINGER: Du brauchst wirklich einen Menschen.
KAROLINE *lächelt:* Es geht immer besser –
SCHÜRZINGER: Komm – *Ab mit ihr.*

116. Szene

KASIMIR: Träume sind Schäume.
ERNA: Solange wir uns nicht aufhängen, werden wir nicht verhungern.
Stille.
KASIMIR: Du Erna –
ERNA: Was?
KASIMIR: Nichts.
Stille.

117. Szene

ERNA *singt leise – und auch Kasimir singt allmählich mit:*
Und blühen einmal die Rosen
Wird das Herz nicht mehr trüb
Denn die Rosenzeit ist ja
Die Zeit für die Lieb
Jedes Jahr kommt der Frühling
Ist der Winter vorbei
Nur der Mensch hat alleinig
Einen einzigen Mai.

MATERIALIEN

Inhaltsverzeichnis

Einleitung 68

I. Selbstzeugnisse Horváths 72
1. Ödön von Horváth: Das Fräulein wird bekehrt . 72
2. Ödön von Horváth: Gebrauchsanweisung 78
3. Ödön von Horváth: [Gespräch mit Willi Cronauer] 81
4. Ödön von Horváth: Entwurf eines Briefes an das Kleine Theater in der Praterstraße 84
5. Ödön von Horváth: Wiesenbraut und Achterbahn 85

II. Der neue Mittelstand in der Weimarer Republik 87
1. Siegfried Kracauer: Die Angestellten 87
2. Ernst Bloch: Die Kragen 90
3. Ernst Bloch: Künstliche Mitte 91

III. Widerspruchsvolle Meinungen nach der Uraufführung 1932 94
1. Richard Huelsenbeck: [Zu distanziert] 94
2. Alfred Polgar: [Horváths »Laboratorium«] ... 95

IV. Einige Standpunkte der Literaturwissenschaft heute 97
1. Walter Hinck: Das erneuerte Volksstück: Horváth 97
2. Volker Klotz: [Publikumsdramaturgie – Wie Horváth auf das Publikum eingeht] 101
3. Hellmuth Karasek: Illusion und Utopie 104
4. Theo Buck: Die Stille auf der Bühne – Aktivierung des Zuschauers 106

Zeittafel zu Leben und Werk 108

Einleitung

Die Bedeutung Horváths für das zeitgenössische Theater ist unbestritten. Und seine Aktualität, die in letzter Zeit immer häufiger gegen die Brechts ausgespielt wird, allerdings etwas voreilig, wie mir scheint, und kaum durchweg mit guten Gründen, hält unvermindert an.
Eine der jüngsten weittragenden und höchst eigenwilligen Auseinandersetzungen mit Horváth stellte das Berliner Horváth-Projekt dar: »Horváth '79 ›Und die Liebe hőret nimmer auf‹«. Das Besondere des Projekts bestand darin, daß eine radikale Aktualisierung Horváths versucht wurde; sie geht unter anderem davon aus, daß die Sprache und der Dialog Horváths heutigen »Strukturen« entsprechen und deshalb ohne weiteres auf derzeit bestehende Verhältnisse übertragen werden können. Die Wendungen und Sätze werden von ihren Sprechern, den Personen der Stücke Horváths, abgelöst und von heutigen Menschen in heutigen Situationen gebraucht. Nicht nur die Schauspieler »sollten ähnliche Strukturen bei sich selbst entdecken«; vielmehr wird auch erreicht, »daß man als Zuschauer sein eigenes Spiegelbild auf der Spielfläche erkennt«.[1] Absichtlich also und, wie man vorgibt, im Sinne der Aktualität Horváths, wird »die soziale und lokale Bestimmung der Figuren«[2] aufgelöst. Damit wird Horváth seiner Geschichtlichkeit beraubt; seine ›Volksstücke‹, um die es hier vor allem geht (›Italienische Nacht‹, ›Geschichten aus dem Wiener Wald‹, ›Kasimir und Karoline‹), und die in ihnen auftretenden Personen werden enthistorisiert: Horváth und seine Stücke werden ins Übergeschichtliche, ins Zeitlose erhoben, so daß sie jederzeit nur um so unbedenklicher aktualisiert werden können.

---

(1) Wolfgang Hammer: Der heutige Horváth. Roberto Ciulli und Schauspielstudenten zeigen eine Collage in der Kneipe. Theater heute. Heft 9, September 1979, S. 20/21.
(2) Anm. 1, S. 20.

Und genau an diesem Punkt, der eine Grundfrage des Horváth-Verständnisses berührt, hat die Kritik anzusetzen: Kritik an einer, wie ich meine, falschen Aktualisierung. Denn: »Größe und Begrenzung von Horváths Dramen ist, daß sie nicht zeitlos sind, sondern zeithaft. Sie sind gebunden an einen spezifischen soziologischen Zustand.«[3]

Wir können hinzufügen: Sie sind gebunden, ohne darin freilich aufzugehen, an den historisch-spezifischen Zustand und die historische Situation der Krise und der Zerstörung der Weimarer Republik. Das ist die Zeit, in der die Stücke entstanden sind, und es ist zugleich die in ihnen dargestellte Zeit.

Wird demgegenüber die Geschichtlichkeit der Stücke preisgegeben, werden die historischen Prozesse kurzerhand eingeebnet, so geraten Vergangenheit und Gegenwart aus allen Fugen; sie verlieren ihre Konturen, die allein die heutigen Leser und Zuschauer erkennen lassen, unter welchen geschichtlichen Bedingungen damals bestimmte Entwicklungen eingetreten sind und welche Folgerungen für die Gegenwart zu ziehen sind. Eine einfache Wiederkehr jedenfalls gibt es nicht. Die Aktualität Horváths besteht nicht darin, daß etwa bestimmte Zustände der Krise der Weimarer Republik unverändert wiederkehrten (z. B. Arbeitslosigkeit und ihre Folgen), daß die damalige Krise sich heute wiederhole, gleichsam auch die unsrige sei. Aktuell bleibt vielmehr, daß und wie Horváth in seinen Volksstücken die (geschichtlichen) Voraussetzungen und Bedingungen aufzeigt, unter denen ein Bewußtseins- oder eigentlich Unbewußtseinszustand entsteht, der charakteristisch ist für »eine Gesellschaft im Vorfeld der Gewalt« und anfällig für die »Deformation zum Faschismus«.[4] Auf diese Weise wird das Volksstück Horváths (z. B. ›Kasimir und

---

(3) Peter Wapnewski: Ödön von Horváth und seine ›Geschichten aus dem Wiener Wald‹. In: Materialien zu Ödön von Horváths ›Geschichten aus dem Wiener Wald‹, hrsg. von Traugott Krischke, es 533. Suhrkamp, Frankfurt a. M. ²1978, S. 17.
(4) Anm. 3, S. 17.

Karoline‹) zu einer Chronik des Bewußtseinszustands der Weimarer Republik in ihrer Krise, in ihrem Übergang zur unmenschlichsten Verfassung einer Gesellschaft, die sich denken läßt. Es entsteht, mit anderen Worten, eine Art Topographie der Epoche.

Daß es sich dabei vor allem um das Bewußtsein und die Mentalität des damaligen ›Kleinbürgertums‹ handelt, ist oft genug betont worden: um den ›neuen Mittelstand‹ nach dem Zusammenbrechen der bisherigen gesellschaftlichen Ordnungen, wie er etwa in ›Kasimir und Karoline‹ in allen möglichen sozialen Abstufungen und Beziehungen vorgeführt wird. Horváths Volksstück ist damit auch eine Art literarisch vermittelter Genealogie des neuen Mittelstands.

Der umfassende Gesichtspunkt der Volksstücke bedeutet zugleich, daß es ihnen nicht um Milieuschilderungen geht, daß das Drama ›Kasimir und Karoline‹, nach Horváths eigenen Worten, auch keine »Satire auf München und auf das dortige Oktoberfest« ist. Vielmehr erscheint in der Szenerie des Münchner Oktoberfests, in der auf epische Weise die »Ballade vom arbeitslosen Chauffeur Kasimir und seiner Braut mit der Ambition« sich abspielt, eine soziale Grundsituation, die wie in einem Brennspiegel das Bild und den Zustand einer ganzen Gesellschaft überscharf zu erkennen gibt.

Weitere Gesichtspunkte und Fragestellungen (z. B. Funktion der Sprache und der Volksstück-Dramaturgie) finden sich in den Materialien.

Die Materialien belegen im einzelnen folgende Punkte:
- Horváths eigenes Verständnis der ›Volksstücke‹: hier sollten ›Theorie‹ und ›Praxis‹ des Autors auch durchaus kritisch gegeneinander gestellt werden: es lohnt sich, gewissenhaft nachzuprüfen, ob der Autor mit seinen theoretischen Bestimmungen seine eigenen Stücke auch einzufangen vermag (I);
- den »spezifischen soziologischen Zustand« gegen Ende der Weimarer Republik: das Phänomen des Kleinbürgertums und seiner Mentalität (II);
- die kontroverse Aufnahme des Dramas bei der Ur-

aufführung: bereits hier kommen einige Grundfragen
der Horváth-Rezeption auf (III);
- einige Standpunkte der literaturwissenschaftlichen
Interpretation, die unter anderem die heutige Bedeutung Horváths erkennen lassen (IV).

I. Selbstzeugnisse Horváths

1. Ödön von Horváth:
Das Fräulein wird bekehrt

(1929)

Als sich das Fräulein und der Herr Reithofer kennen lernten, fielen sie sich zuerst gar nicht besonders auf. Jeder dachte nämlich gerade an etwas wichtigeres. So dachte der Herr Reithofer, daß sich der nächste Weltkrieg wahrscheinlich in Thüringen abspielen wird, weil er gerade in der Zeitung gelesen hatte, daß die rechten Kuomintang wieder mal einhundertdreiundvierzig Kommunisten erschlagen haben. Und das Fräulein dachte, es sei doch schon sehr schade, daß sie monatlich nur hundertzehn Mark verdient, denn sie hätte ja jetzt bald Urlaub und wenn sie zwohundertzehn Mark verdienen würde, könnte sie in die Berge fahren. Bis dorthin, wo sie am höchsten sind.

Gesetzlich gebührten nämlich dem Fräulein jährlich sechs bezahlte Arbeitstage – jawohl, das Fräulein hatte ein richtiggehendes Recht auf Urlaub und es ist doch noch gar nicht so lange her, da hatte solch Fräulein überhaupt nichts zu fordern, sondern artig zu kuschen und gegebenenfalls zu kündigen, sich zu verkaufen oder drgl., was zwar auch heute noch vorkommen soll. Aber heute beschützen uns ja immerhin einige Paragraphen, während noch vor zwanzig Jahren die Gnade höchst unkonstitutionell herrschte, und infolgedessen konnte man es sich gar nicht vorstellen, daß auch Lohnempfänger Urlaub haben dürfen. Es lag allein in des Brotherrn Ermessen, ob solch Fräulein zu Weihnachten oder an einem anderen christlichen Doppelfeiertage auch noch den zweiten Tag feiern durfte. Aber damals war ja unser Fräulein noch kaum geboren – eigentlich beginnt ihr Leben mit der sozialen Gesetzgebung der Weimarer Republik.

Wie schön war doch die patriarchalische Zeit! Wie ungefährdet konnte Großmama ihre Mägde kränken, quälen und davonjagen, wie war es doch selbstverständlich, daß Großpapa seine Lehrlinge um den Lohn prellte und durch Prügel zu fleißigen Charakteren erzog. Noch lebten Treu und Glauben zwischen Maas und Memel, und Großpapa war ein freisinniger Mensch. Großzügig gab er seinen Angestellten Arbeit, von morgens vier bis Mitternacht. Kein Wunder, daß das Vaterland immer mächtiger wurde! Und erst als sich der weitblickende Großpapa auf maschinellen Betrieb umstellte, da erst ging es empor zu höchsten Zielen, denn er ließ ja die Maschinen nur durch Kinder bedienen, die waren nämlich billiger als ihre Väter, maßen das Volk gesund und ungebrochen war. Also kam es nicht darauf an, daß mannigfache Kinder an der Schwindsucht krepierten, kein Nationalvermögen wächst ohne Opfersinn. Und während Bismarck, der eiserne Kanzler, erbittert das Gesetz zum Schutze der Kinderarbeit bekämpfte, wuchs Großpapas einfache Werkstatt zur Fabrik. Schlot stand an Schlot, als ihn der Schlag traf. Er hatte sich überarbeitet. Künstler, Gelehrte, Richter und hohe Beamte, ja sogar ein Oberstleutnant a. D. gaben ihm das letzte Geleite. Trotzdem blieb aber Großmama immer die bescheidene tiefreligiöse Frau.

Nämlich als Großmama geboren wurde, war es natürlich Nacht, so eine richtige kleinbürgerlich-romantische Nacht und Spätherbst. Alles stand blau am Horizont und der Mond hing über schwarzen Teichen und dem Wald.

Natürlich hatte Großmama auch ein Gebetbuch mit einer gepreßten Rose mittendrin. Wenn sie in ihrem gemütlichen Sorgenstuhl saß, betrachtete sie die Rose und dann trat ihr je eine Träne in das rechte und das linke Auge, denn die Rose hatte ihr einst der nunmehr längst verstorbene Großpapa gepflückt und dieser tote Mann tat ihr nun leid, denn als er noch lebendig gewesen ist, hatte sie ihn oft heimlich gehaßt, weil sie sich nie von einem anderen Großpapa hatte berühren lassen.

Und Großmama erzählte Märchen, dann schlief sie ein und wachte nimmer auf.

Das Gebetbuch mit der Rose wurde ihr in den Sarg gelegt, Großmama ließ sich nicht verbrennen, weil sie unbedingt wiederauferstehen wollte. Und beim Anblick einer Rose zieht noch heute eine sanfte Wehmut durch ihrer Enkelkinder Gemüt, die heute bereits Regierungsrat, Sanitätsratsgattin, Diplomlandwirt, Diplomingenieur und zwo Hausbesitzersgattinnen sind.

Auch unseres Fräuleins Großmama hatte solche Rose in ihrem Gebetbuch, aber ihre Kinder gingen in der Inflation zugrunde und sieben Jahre später treffen wir das Fräulein im Kontor einer Eisenwarenhandlung in der Schellingstraße mit einem monatlichen Verdienst von hundertundzehn Mark.

Aber das Fräulein zählte nicht zum Proletariat, weil ihre Eltern mal zugrunde gegangen sind. Sie war überzeugt, daß die Masse nach Schweiß riecht, sie leugnete jede Solidarität und beteiligte sich an keiner Betriebsratswahl. Sie tat sehr stolz, weil sie sich nach einem Sechszylinder sehnte. Sie war wirklich nicht glücklich und das hat mal ein Herr, der sie in der Schellingstraße angesprochen hatte, folgendermaßen formuliert: »In der Stadt wird man so zur Null«, meinte der Herr und fuhr fort: »Ich bin lieber draußen auf dem Lande auf meinem Gute. Mein Vetter ist Diplomlandwirt. Wenn zum Beispiel, mit Verlaub zu sagen, die Vögel zwitschern –« und er fügte rasch hinzu: »Wolln ma mal ne Tasse Kaffee?« Das Fräulein wollte und er führte sie auf einen Dachgarten. Es war dort sehr vornehm und plötzlich schämte sich der Herr, weil der Kellner über das Täschchen des Fräuleins lächelte und dann wurde der Herr unhöflich, zahlte und ließ das Fräulein allein auf dem Dachgarten sitzen. Da dachte das Fräulein, sie sei halt auch nur eine Proletarierin, aber dann fiel es ihr wieder ein, daß ihre Eltern zugrunde gegangen sind, und sie klammerte sich daran.

Das war am vierten Juli und zwei Tage später begegnete das Fräulein zufällig dem Herrn Reithofer in der

Schellingstraße. »Guten Abend«, sagte der Herr Reithofer. »Haben Sie schon gehört, daß England in Indien gegen Rußland ist? Und, daß der Reichskanzler operiert werden muß.«
»Ich kümmere mich nicht um Politik«, sagte das Fräulein.
»Das ist aber Staatsbürgerpflicht«, sagte der Herr Reithofer.
»Ich kanns doch nicht ändern«, meinte das Fräulein.
»Oho!« meinte der Herr Reithofer. »Es kommt auf jeden einzelnen an, zum Beispiel bei den Wahlen. Mit Ihrer Ansicht, Fräulein, werden Sie nie in die Berge fahren, obwohl diese ganzen Wahlen eigentlich nur eine kapitalistische Mache sind.«
Der Herr Reithofer war durchaus Marxist, gehörte aber keiner Partei an, teils wegen Noske, teils aus Pazifismus. »Vielleicht ist das letztere nur Gefühlsduselei«, dachte er und wurde traurig. Er sehnte sich nach Moskau und war mit einem sozialdemokratischen Parteifunktionär befreundet. Er spielte in der Arbeiterwohlfahrtslotterie und hoffte mal sehr viel zu gewinnen und das war das einzig Bürgerliche an ihm.
»Geben Sie acht, Fräulein«, fuhr er fort, »wenn ich nicht vor drei Jahren zweihundert Mark gewonnen hätt, hätt ich noch nie einen Berg gesehen. Vom Urlaub allein hat man noch nichts, da gehört noch was dazu, ein anderes Gesetz, ein ganz anderes Gesetzbuch. Es ist schön in den Bergen und still.«
Und dann sagte er dem Fräulein, daß er für die Befreiung der Arbeit kämpft. Und dann klärte er sie auf, und das Fräulein dachte: er hat ein angenehmes Organ. Sie hörte ihm gerne zu, und er bemerkte es, daß sie ihm zuhört. »Langweilt Sie das?« fragte er. »Oh nein!« sagte sie.
Da fiel es ihm auf, daß sie so rund war rundherum, und er mußte direkt achtgeben, daß er nicht an sie ankommt.
»Herr Reithofer«, sagte plötzlich das Fräulein, »Sie wissen aber schon sehr viel und Sie können es einem so

gut sagen« – aber der Herr Reithofer ließ sich nicht stören, weil er gerade über den Apostel Paulus sprach und darüber ist es sehr schwer zu sprechen. »Man muß sich schon sehr konzentrieren«, dachte der Herr Reithofer und ging über zur Französischen Revolution.

Er erzählte ihr, wie Marat ermordet wurde, und das Fräulein überraschte sich dabei, wie sehr sie sich anstrengen mußte, wenn sie an einen Sechszylinder denken wollte. Es war ihr plötzlich, als wären nicht ihre Eltern, sondern bereits ihre Urureltern zugrunde gegangen. Sie sah so plötzlich alles anders, daß sie einen Augenblick stehenbleiben mußte. Der Herr Reithofer ging aber weiter, und sie betrachtete ihn von hinten.

Es war ihr, als habe der Herr Reithofer in einem dunklen Zimmer das Licht angeknipst und nun könne sie den Reichswehrminister, den Prinz von Wales und den Poincaré, den Mussolini und zahlreiche Aufsichtsräte sehen. Auf dem Bette saß ihr Chef, auf dem Tische stand ein Schupo, vor dem Spiegel ein General und am Fenster ein Staatsanwalt – als hätten sie immer schon in ihrem Zimmer gewohnt. Aber dann öffnete sich die Türe und herein trat ein mittelgroßer stämmiger Mann, der allen Männern ähnlich sah. Er ging feierlich auf den Herrn Reithofer zu, drückte ihm die Hand und sprach: »Genosse Reithofer, du hast ein bürgerliches Fräulein bekehrt. Das ist sehr schön von dir.« Und das Fräulein dachte: »Ich glaub gar, dieser Herr Reithofer ist ein anständiger Mensch.«

»Die Luft ist warm heut abend«, sagte der anständige Mensch. »Wollen Sie schon nachhaus oder gehen wir noch etwas weiter?«

»Wohin?«

»Dort drüben ist die Luft noch besser, das ist immer so in den Anlagen«, sagte er und dann fügte er noch hinzu, der Imperialismus sei die jüngste Etappe des Kapitalismus und dann sprach er kein Wort.

Warum er denn kein Wort mehr sage, fragte das Fräulein. Weil es so schwer sei, die Menschen auf den rechten Weg zu bringen, sagte der Herr Reithofer. Hierauf

konnte man beide nicht mehr sehen, denn es war sehr dunkel in den Anlagen.
Wollen wir ihnen folgen? Nein. Es ist doch häßlich, zwei Menschen zu belauschen, von denen man doch schon weiß, was sie voneinander wollen. Kaufen wir uns lieber eine Zeitung, die Sportnachrichten sind immer interessant.
Ich liebe den Fußball – und Sie? Wie? Sie wollen, daß ich weitererzähle? Sie finden, daß das kein Schluß ist? Sie wollen wissen, ob sich das Fräulein wirklich bekehrt hat? Sie behaupten, es sei unfaßbar, daß solch ein individualistisches Fräulein so rasch eine andere Weltanschauung bekommt? Sie sagen, das Fräulein wäre katholisch? Hm.
Also wenn Sie es unbedingt hören wollen, was sich das Fräulein dachte, nachdem sich der Herr Reithofer von ihr verabschiedet hatte, so muß ich es Ihnen wohl sagen, Frau Kommerzienrat. Entschuldigen Sie, daß ich weitererzähle.
Es war ungefähr dreiundzwanzig Uhr, als das Fräulein ihr Zimmer betrat. Sie setzte sich und zog sich aus, so langsam, als wöge jeder Strumpf zehn Pfund.
Ihr gegenüber an der Wand hing ein heiliges Bild: ein großer weißer Engel schwebte in einem Zimmer und verkündete der knienden Madonna: »Bei Gott ist kein Ding unmöglich!« Und das Fräulein dachte, der Herr Reithofer hätte wirklich schön achtgegeben und sei überhaupt ein anständiger Mensch, aber leider kein solch weißer Engel, daß man unbefleckt empfangen könnte. Warum dürfe das nur Maria, warum sei gerade sie auserwählt unter den Weibern? Was habe sie denn schon so Besonderes geleistet, daß sie so fürstlich belohnt wurde? Nichts habe sie getan, sie sei doch nur Jungfrau gewesen und das hätten ja alle mal gehabt. Auch sie selbst hätte das mal gehabt.
Die Mutter Gottes hätte eben Protektion gehabt genau wie die Henny Porten, Lia de Putty, Dolores del Rio und Carmen Cartellieri. »Wenn man keine Protektion hat, indem daß man keinen Regisseur kennt, so

wird man halt nicht auserwählt«, konstatierte das Fräulein.

»Auserwählt«, wiederholte sie, und es tat ihr alles weh.

»Bei Gott ist kein Regisseur unmöglich«, lächelte der große weiße Engel, und das Fräulein meinte: »Sei doch nicht so ungerecht!« Und bevor sie einschlief, fiel es ihr noch ein, eigentlich sei alles ungerecht, jeder Mensch, jedes Ding. Sicher sei auch der Stuhl ungerecht, der Schrank, der Tisch, das Fenster, der Hut, der Mantel, die Lampe. Vielleicht sei auch der Herr Reithofer trotzdem ungerecht, obwohl er wahrscheinlich gar nichts dafür kann.

Gute Nacht, Frau Kommerzienrat.

Ödön von Horváth: Fräulein Pollinger und andere. In: Gesammelte Werke, Band 5, hrsg. von Traugott Krischke und Dieter Hildebrandt. Suhrkamp Verlag, Frankfurt a.M. 1970, S. 77–82.

2. Ödön von Horváth: Gebrauchsanweisung

Das dramatische Grundmotiv aller meiner Stücke ist der ewige Kampf zwischen Bewußtsein und Unterbewußtsein.

(1932–1935)

Ich hatte mich bis heute immer heftig dagegen gesträubt, mich in irgendeiner Form über meine Stücke zu äußern – nämlich ich bin so naiv gewesen, und bildete es mir ein, daß man (Ausnahmen bestätigen leider die Regel) meine Stücke auch ohne Gebrauchsanweisung verstehen wird. Heute gebe ich es unumwunden zu, daß dies ein grober Irrtum gewesen ist, daß ich gezwungen werde, eine Gebrauchsanweisung zu schreiben.

Erstens bin ich daran schuld, denn: ich dachte, daß viele Stellen, die doch nur eindeutig zu verstehen sind, verstanden werden müßten, dies ist falsch – es ist mir öfters nicht restlos gelungen, die von mir angestrebte Synthese zwischen Ironie und Realismus zu gestalten.

Zweitens: es liegt an den Aufführungen – alle meine Stücke sind bisher nicht richtig im Stil gespielt worden, wodurch eine Unzahl von Mißverständnissen naturnotwendig entstehen mußte. Daran ist niemand vom Theater schuld, kein Regisseur und kein Schauspieler, dies möchte ich ganz besonders betonen – sondern nur ich allein bin schuld. Denn ich überließ die Aufführung ganz den zuständigen Stellen – aber nun sehe ich klar, nun weiß ich es genau, wie meine Stücke gespielt werden müssen.

Drittens liegt die Schuld am Publikum, denn: es hat sich leider entwöhnt auf das Wort im Drama zu achten, es sieht oft nur die Handlung – es sieht wohl die dramatische Handlung, aber den dramatischen Dialog hört es nicht mehr. Jedermann kann bitte meine Stücke nachlesen: es ist keine einzige Szene in ihnen, die nicht dramatisch wäre – unter dramatisch verstehe ich nach wie vor den Zusammenstoß zweier Temperamente – die Wandlungen usw. In jeder Dialogszene wandelt sich eine Person. Bitte nachlesen! Daß dies bisher nicht herausgekommen ist, liegt an den Aufführungen. Aber auch an dem Publikum.

Denn letzten Endes ist ja das Wesen der Synthese aus Ernst und Ironie die Demaskierung des Bewußtseins. Sie erinnern sich vielleicht an einen Satz in meiner ›Italienischen Nacht‹, der da lautet: »Sie sehen sich alle so fad gleich und werden gern so eingebildet selbstsicher.« Das ist mein Dialog.

Aus all dem geht schon hervor, daß Parodie nicht mein Ziel sein kann – es wird mir oft Parodie vorgeworfen, das stimmt aber natürlich in keiner Weise. Ich hasse die Parodie! Satire und Karikatur – ab und zu ja. Aber die satirischen und karikaturistischen Stellen in meinen Stücken kann man an den fünf Fingern herzählen. – Ich bin kein Satiriker, meine Herrschaften, ich habe kein anderes Ziel, als wie dies: Demaskierung des Bewußtseins. Keine Demaskierung eines Menschen, einer Stadt – das wäre ja furchtbar billig! Keine Demaskierung auch des Süddeutschen natürlich – ich schreibe ja auch nur deshalb süddeutsch, weil ich anders nicht schreiben kann.

Diese Demaskierung betreibe ich aus zwei Gründen: erstens, weil sie mir Spaß macht – zweitens, weil infolge meiner Erkenntnisse über das Wesen des Theaters, über seine Aufgabe und zu guter Letzt Aufgabe jeder Kunst ist folgendes – (und das dürfte sich nun schon allmählich herumgesprochen haben) – die Leute gehen ins Theater, um sich zu unterhalten, um sich zu erheben, um eventuell weinen zu können, oder um irgendetwas zu erfahren. Es gibt also Unterhaltungstheater, ästhetische Theater und pädagogische Theater. Alle zusammen haben eines gemeinsam: sie nehmen dem Menschen in einer derartigen Masse das Phantasieren ab, wie kaum eine andere Kunst – Das Theater phantasiert also für den Zuschauer und gleichzeitig läßt es ihn auch die Produkte dieser Phantasie erleben. Die Phantasie ist bekanntlich ein Ventil für Wünsche – bei näherer Betrachtung werden es wohl asoziale Triebe sein, noch dazu meist höchst primitive. Im Theater findet also der Besucher zugleich das Ventil wie auch Befriedigung (durch das Erlebnis) seiner asozialen Triebe.

Es wird ein Kommunist auf der Bühne ermordet, in feiger Weise von einer Überzahl von Bestien. Die kommunistischen Zuschauer sind voll Haß und Erbitterung gegen die Weißen – sie leben aber eigentlich das mit und morden mit und die Erbitterung und der Haß steigert sich, weil er sich gegen die eigenen asozialen Wünsche richtet. Beweis: es ist doch eigenartig, daß Leute ins Theater gehen, um zu sehen, wie ein (anständiger) Mensch umgebracht wird, der ihnen gesinnungsgemäß nahe steht – und dafür Eintritt bezahlen und hernach in einer gehobenen weihevollen Stimmung das Theater verlassen. Was geht denn da vor, wenn nicht ein durchs Miterleben mitgemachter Mord? Die Leute gehen aus dem Theater mit weniger asozialen Regungen heraus, wie hinein. (Unter asozial verstehe ich Triebe, die auf einer kriminellen Basis beruhen – und nicht etwa Bewegungen, die gegen eine Gesellschaft gerichtet sind – ich betone das extra, so ängstlich bin ich schon geworden, durch die vielen Mißverständnisse.)

Dies ist eine vornehme pädagogische Aufgabe des Theaters. Und das Theater wird nicht untergehen, denn die Menschen werden in diesen Punkten immer lernen wollen – ja je stärker der Kollektivismus wird, umso größer wird die Phantasie. Solange man um den Kollektivismus kämpft, natürlich noch nicht, aber dann – ich denke manchmal schon an die Zeit, die man mit proletarischer Romantik bezeichnen wird. (Ich bin überzeugt, daß sie kommen wird.) Mit meiner Demaskierung des Bewußtseins, erreiche ich natürlich eine Störung der Mordgefühle – daher kommt es auch, daß Leute meine Stücke oft ekelhaft und abstoßend finden, weil sie eben die Schandtaten nicht so miterleben können. Sie werden auf die Schandtaten gestoßen – sie fallen ihnen auf und erleben sie nicht mit. Es gibt für mich ein Gesetz und das ist die Wahrheit. [...]

Gesammelte Werke, Band 8, s.o., S. 659–662. Ausschnitt.

3. Ödön von Horváth: [Gespräch mit Willi Cronauer]

(5. 4. 1932, Bayerischer Rundfunk)
[...]
CRONAUER: [...] Ihr erstes Stück: ›Die Bergbahn‹, das einen Vorfall beim Bau der Zugspitzbahn dramatisch behandelt, machte Sie zuerst als Dramatiker bekannt?

HORVÁTH: Ja – das Stück hat zum Inhalt den Kampf zwischen Kapital und Arbeitskraft. Zwischen den beiden Parteien steht ein Ingenieur, und durch ihn ist die Stellung der sogenannten Intelligenz im Produktionsprozeß charakterisiert.

CRONAUER: Sie bezeichneten ›Die Bergbahn‹ – wie ja später alle Ihre Dichtungen – als ein Volksstück. Fast ist ja uns heutigen Menschen der Charakter des »Volksstückes« gänzlich verlorengegangen – es dürfte also von besonderem Interesse sein, von Ihnen, Herr

Horváth – den namhafte Kritiker den Erneuerer des Volksstückes nannten –, Ihre Beweggründe, die Sie zu dieser Bezeichnung führten, kennenzulernen.

HORVÁTH: Ich gebrauchte diese Bezeichnung »Volksstück« nicht willkürlich, d. h. nicht einfach deshalb, weil meine Stücke mehr oder minder bayerisch oder österreichisch betonte Dialektstücke sind, sondern weil mir so etwas ähnliches, wie die Fortsetzung des alten Volksstückes vorschwebte. – Des alten Volksstückes, das für uns junge Menschen mehr oder minder natürlich auch nur noch einen historischen Wert bedeutet, denn die Gestalten dieser Volksstücke, also die Träger der Handlung haben sich doch in den letzten zwei Jahrzehnten ganz unglaublich verändert. – Sie werden mir nun vielleicht entgegenhalten, daß die sogenannten ewig-menschlichen Probleme des guten alten Volksstückes auch heute noch die Menschen bewegen. – Gewiß bewegen sie sie – aber anders. Es gibt eine ganze Anzahl ewig-menschlicher Probleme, über die unsere Großeltern geweint haben und über die wir heute lachen – oder umgekehrt. Will man also das alte Volksstück heute fortsetzen, so wird man natürlich heutige Menschen aus dem Volke – und zwar aus den maßgebenden, für unsere Zeit bezeichnenden Schichten des Volkes auf die Bühne bringen. Also: zu einem heutigen Volksstück gehören heutige Menschen, und mit dieser Feststellung gelangt man zu einem interessanten Resultat: nämlich, will man als Autor wahrhaft gestalten, so muß man der völligen Zersetzung der Dialekte durch den Bildungsjargon Rechnung tragen.

CRONAUER: Ja – der heutige Mensch ist natürlich ein anderer als der verflossener Jahrzehnte – seine Sprache, seine Leidenschaften und seine Weltanschauung haben sich geändert.

HORVÁTH: Natürlich. Und um einen heutigen Menschen realistisch schildern zu können, muß ich ihn also dementsprechend reden lassen. Nun hab ich zu meinen Gestalten, wie aber natürlich auch zu jeder

Handlung, in puncto ihrer Möglichkeit, sich zu 100%
als soziale Wesen zu entwickeln und nicht nur zu
etablieren, keine positive, eher eine skeptische Ein-
stellung, und dies glaube ich damit am besten zu treffen, indem ich eine Synthese von Ernst und Ironie gebe. Aus dieser Erkenntnis zog ich die Konsequenz.
Mit vollem Bewußtsein zerstörte ich das alte Volksstück, formal und ethisch – und versuchte als drama-
tischer Chronist die neue Form des Volksstückes zu
finden. –

CRONAUER: Ist diese »neue Form« des Volksstückes in
dem bei Ihren Dichtungen doch besonders hervortre-
tenden epischen Charakter zu suchen?

HORVÁTH: Ja. Diese neue Form ist mehr eine schildern-
de als eine dramatische. Sie knüpft formal mehr an
die Tradition der Volkssänger und Volkskomiker an
als an die Autoren der früheren Volksstücke –

CRONAUER: Volksstücke. Und haben dabei einen starken satirischen Charakter.

HORVÁTH: Ja, ich stehe zur Satire absolut positiv. Ich
kann gar nicht anders.

CRONAUER: Damit wären wir bei einem heiklen Thema
angelangt – Sie wissen ja, daß man uns Jungen gerade unsere positive Stellung zu Satire und Ironie zum
starken Vorwurf macht – als einen Mangel an Anteil-
nahme, an Bewunderung und an Ehrfurcht auslegt.
Und es ist doch in Wirklichkeit gerade das Gegenteil.
[...]

HORVÁTH: Da habens schon sehr recht, Herr Cronauer,
und ich erkläre es mir auch so, daß meine Stücke bei
einem Teil der Presse oft eine ziemliche Erregung
auslösten. – Persönlich ist mir das ziemlich schleier-
haft. Man wirft mir vor, ich sei zu derb, zu ekelhaft,
zu unheimlich, zu zynisch und was es dergleichen
noch an soliden, gediegenen Eigenschaften gibt –
und man übersieht dabei, daß ich doch kein anderes
Bestreben habe, als die Welt so zu schildern, wie sie
halt leider ist. – Und daß das gute Prinzip auf der
Welt den Ton angibt, wird man wohl kaum beweisen

können – behaupten schon. – Der Widerwille eines Teiles des Publikums beruht wohl darauf, daß dieser Teil sich in den Personen auf der Bühne selbst erkennt – und es gibt natürlich Menschen, die über sich selbst nicht lachen können – und besonders nicht über mehr oder minder bewußtes, höchst privates Triebleben.

CRONAUER: Ich glaube auch, daß es daran liegt, daß die meisten Menschen nicht aus der Erkenntnis heraus lachen und damit verstehen können. – Sie lachen lieber über einen blöden Witz – bei dem man sich weiter nichts denken braucht und der sie auch »persönlich« nichts angeht. –

HORVÁTH: Jawohl.

CRONAUER: Ihre Stellung zur Parodie würde mich noch interessieren, Herr Horváth.

HORVÁTH: Die Parodie lehne ich als dramatische Form ab. Parodie hat meines Erachtens mit Dichtung gar nichts zu tun und ist ganz billiges Unterhaltungsmittel. [...]

Ödön von Horváth: Gesammelte Werke, Band 1, s.o., 10–13. Ausschnitte. ›Fassungen und Lesarten‹ des Cronauer-Interviews in: edition suhrkamp, Band 671 (Materialien zu ›Glaube Liebe Hoffnung‹).

4. Ödön von Horváth: Entwurf eines Briefes an das Kleine Theater in der Praterstraße

(1935)

Als ich vor einem halben Jahr von der erfolgreichen Aufnahme meines Stückes ›Kasimir und Karoline‹ in Wien erfuhr, habe ich mich sehr gefreut, denn ich habe es immer gehofft und geahnt, daß meine Stücke gerade in Wien Verständnis finden müßten. Denn genau wie der Verfasser, sind auch seine sogenannten Kinder ›Kasimir und Karoline‹ Erzeugnisse – d.h. sie streben nach

Wahrheit, trotz der Illusion, daß es eine solche nicht gibt, oder nicht geben darf.
Als mein Stück 1932 in Berlin* uraufgeführt wurde, schrieb fast die gesamte Presse, es wäre eine Satire auf München und auf das dortige Oktoberfest – ich muß es nicht betonen, daß dies eine völlige Verkennung meiner Absichten war, eine Verkennung von Schauplatz und Inhalt; es ist überhaupt keine Satire, es ist die Ballade vom arbeitslosen Chauffeur Kasimir und seiner Braut mit der Ambition, eine Ballade voll stiller Trauer, gemildert durch Humor, das heißt durch die alltägliche Erkenntnis: »Sterben müssen wir alle!« [...]

Ödön von Horváth: Gesammelte Werke, Band 8, s.o., S. 666. Ausschnitt. Publikation (mit Faksimile) in: edition suhrkamp, Band 611, S. 132f.

5. Ödön von Horváth: Wiesenbraut und Achterbahn

(etwa 1930)
Ein Abend auf dem Oktoberfest
...Unter einer Wiesenbraut versteht man in München ein Fräulein, das man an einem Oktoberfestbesuch kennen lernt, und zu dem die Bande der Sympathie je nach Veranlagung und Umständen mehr oder weniger intimer geschlungen werden. Meistens wird die Wiesenbraut vom Standpunkt des Herrn aus gesehen – aber die Geliebte samt der Sehnsucht, die in der Wiesenbraut leben, werden selten respektiert. Oft will die Wiesenbraut nur lustig sein und sonst nichts, häufig will sie sonst auch noch etwas; nie aber denkt sie momentan materiell. Aber in der Wiesenbraut lebt häufig die Sehnsucht, daß es immer ein Oktoberfest geben soll; immer so ein Abend; immer eine Achterbahn; immer die Abnormi-

---

* Die Proben und weitere Aufführungen fanden in Berlin statt; die Uraufführung jedoch in Leipzig am 18. 11. 1932.

täten; immer Hippodrom im Kreise. Seit es eine Oktoberfestwiese gibt, seit der Zeit gibt es eine Wiesenbraut. Die Wiesenbraut verläßt die Ihren, verläßt ihr Milljöh – geht mit Herren, die sie nicht kennt, interessiert sich wenig für den Charakter, mehr für die Vergnügungen. Die Wiesenbraut denkt nicht an den Tod. Die Wiesenbraut opfert ihren Bräutigam, sie denkt nicht, sie lebt. Sie verliert ihre Liebe wegen einem Amüsement. Sie vergißt wohin sie gehört. Und der Kreis um die Wiesenbraut empfindet diese Störung. Er gerät durcheinander aus Enttäuschung. Aber bald ordnet sich wieder alles – und die Wiesenbraut ist ausgeschaltet. Nur im Märchen bekommt die Wiesenbraut einen Prinzen. In Wahrheit versinkt sie in das Nichts sobald die Wiese aufhört.

Aus einem Notizbuch Horváths. In: Gesammelte Werke, Band 2, s. o., S. 659 f.

II. Der neue Mittelstand in der Weimarer Republik

1. Siegfried Kracauer: Die Angestellten

(1930)
[...] Auf das Monatsgehalt, die sogenannte Kopfarbeit und einige andere ähnlich belanglose Merkmale gründen in der Tat gegenwärtig große Teile der Bevölkerung ihre bürgerliche Existenz, die gar nicht mehr bürgerlich ist; durchaus im Einklang mit der von Marx ausgesprochenen Erfahrung, daß der Überbau sich nur langsam der von den Produktivkräften heraufbeschworenen Entwicklung des Unterbaus anpasse. Die Stellung dieser Schichten im Wirtschaftsprozeß hat sich gewandelt, ihre mittelständische Lebensauffassung ist geblieben. Sie nähren ein falsches Bewußtsein. Sie möchten Unterschiede bewahren, deren Anerkennung ihre Situation verdunkelt; sie frönen einem Individualismus, der dann allein sanktioniert wäre, wenn sie ihr Geschick noch als einzelne gestalten könnten. Auch dort, wo sie in und mit den Organisationen als Arbeitnehmer um bessere Daseinsbedingungen kämpfen, ist häufig ihr wirkliches Dasein durch das bessere bedingt, das sie einst hatten. Eine verschollene Bürgerlichkeit spukt in ihnen nach. Vielleicht enthält sie Kräfte, die rechtmäßig zu dauern verlangen. Aber sie dauern heute nur träge fort, ohne sich in eine Dialektik mit den herrschenden Zuständen einzulassen, und unterminieren derart selbst die Rechtmäßigkeit ihres Bestands.
Der Durchschnittsarbeiter, auf den so mancher kleine Angestellte gern herabsieht, ist diesem oft nicht nur materiell, sondern auch existentiell überlegen. Sein Leben als klassenbewußter Proletarier wird von vulgärmarxistischen Begriffen überdacht, die ihm immerhin sagen, was mit ihm gemeint ist. Das Dach ist allerdings heute reichlich durchlöchert.

Die Masse der Angestellten unterscheidet sich vom Arbeiter-Proletariat darin, daß sie geistig obdachlos ist. Zu den Genossen kann sie vorläufig nicht hinfinden, und das Haus der bürgerlichen Begriffe und Gefühle, das sie bewohnt hat, ist eingestürzt, weil ihm durch die wirtschaftliche Entwicklung die Fundamente entzogen worden sind. Sie lebt gegenwärtig ohne eine Lehre, zu der sie aufblicken, ohne ein Ziel, das sie erfragen könnte. Also lebt sie in Furcht davor, aufzublicken und sich bis zum Ende durchzufragen.

Nichts kennzeichnet so sehr dieses Leben, das nur in eingeschränktem Sinne Leben heißen darf, als die Art und Weise, in der ihm das Höhere erscheint. Es ist ihm nicht Gehalt, sondern Glanz. Es ergibt sich ihm nicht durch Sammlung, sondern in der Zerstreuung. »Warum die Leute so viel in Lokale gehen?«, meint ein mir bekannter Angestellter, »doch wohl deshalb, weil es zu Hause elend ist und sie am Glanz teilhaben wollen.« Unter dem Zuhause ist übrigens außer der Wohnung auch der Alltag zu verstehen, den die Inserate der Angestellten-Zeitschriften umreißen. [...]

[...] Zu den »Kulturbedürfnissen« [der Angestellten] zählen neben der Gesundheit, den Verkehrsmitteln, Geschenken, Unterstützungen usw. unter anderem auch Rauchwaren, Wirtshäuser, geistige und gesellige Veranstaltungen. Bewußt oder wahrscheinlich mehr noch unbewußt sorgt nun die Gesellschaft dafür, daß diese Nachfrage nach Kulturbedürfnissen nicht zur Besinnung auf die Wurzeln echter Kultur und damit zur Kritik an den Zuständen führe, durch die sie mächtig ist. Sie unterbindet nicht den Drang, im Glanz und in der Zerstreuung zu leben, sie fördert ihn, wo und wie sie nur kann. Man wird noch sehen, daß sie selber das System ihres Lebens keineswegs bis zum entscheidenden Punkt vortreibt, vielmehr der Entscheidung ausweicht und die Reize des Lebens seiner Wirklichkeit vorzieht. Auch sie ist auf Ablenkungen angewiesen. Da sie den Ton angibt, wird es ihr um so leichter, die Angestellten in dem Glauben zu halten, daß ein zerstreutes Dasein zugleich das höhere sei. Sie setzt sich als das Höhere, und wenn das Gros der Abhängigen sie zum Vorbild nimmt, ist es schon beinahe dort, wo sie es haben will. Welcher Sirenentöne sie fähig ist, zeigt der folgende Abschnitt aus der wiederholt angeführten Warenhaus-Propagandaschrift, der in eine Musterkollektion klassischer Ideologien gehörte: »Erwähnenswert ist noch ein Einfluß, der von der Anlage und Inneneinrichtung des Warenhauses ausgeht. Viele der Angestellten stammen aus ganz einfachen Verhältnissen. Vielleicht besteht die Wohnung aus engen lichtlosen Räumen, vielleicht sind die Menschen, mit denen sie in ihrem Privatleben umgehen, wenig gebildet. Im Warenhaus aber hält sich der Angestellte meist in heiteren, lichtdurchfluteten Räumen auf. Der Umgang mit feiner und gebildeter Kundschaft bringt stets neue Anregungen. Die oft recht unbeholfenen und befangenen Lehrmädchen gewöhnen sich schneller an gute Haltung und Umgangsformen, pflegen ihre Sprache und auch ihr Äußeres. Die Vielseitigkeit ihres Berufes erweitert den Kreis ihrer Kenntnis und vertieft ihre Bildung. Das erleichtert ihnen den Aufstieg in höhere Schichten.« Läßt man die Bildung der Kundschaft und die Vertiefung beiseite, was mit gutem Gewissen geschehen darf, so bleiben die heiteren, lichtdurchfluteten Räume und die höheren Schichten. Der wohltätige Einfluß, den die Lichtflut außer auf die Kauflust auch auf das Personal ausübt, könnte höchstens darin bestehen, daß das Personal hinreichend von ihr betört wird, um die enge, lichtlose Wohnung zu verschmerzen. Das Licht blendet eher, als daß es erhellte, und vielleicht dient die Fülle des Lichts, die sich neuerdings über unsere Großstädte ergießt, nicht zuletzt einer Vermehrung der Dunkelheit. Aber winken nicht die höheren Schichten? Wie sich herausgestellt hat, winken sie unverbindlich von fern. Der gespendete Glanz soll zwar die Angestelltenmassen an die Gesellschaft fesseln, sie jedoch nur gerade so weit erheben, daß sie desto sicherer an dem ihnen zugewiesenen Ort ausharren. […]

Siegfried Kracauer: Die Angestellten. suhrkamp taschenbuch 13. Suhrkamp Verlag, Frankfurt a.M. 1971, S. 81/82 (Kapitel »Unter Nachbarn«) und S. 91–93 (Kapitel »Asyl für Obdachlose«).

2. Ernst Bloch: Die Kragen

(1935)
Von selbst käme keiner. Doch später richtet er sich zurecht. Wer sich verkauft, gibt sich zwar nicht immer ganz. Die Arbeiter stehen feindlich zu dem, was mit ihnen geschieht. Aber der Angestellte entspricht ganz dem Bild, das sich die Herren aus ihm machen, das er aus sich machen läßt. Wie die Mädchen ihr trostloses Leben führen (und der Abend betäubt nur für den nächsten Tag). Wie die Männer untergeordnet bleiben, mißvergnügt für sich, heiter im Verkehr; wie keiner die unselbständige Grenze überschreitet. Im Kragen des Tages, im billigen Vergnügen des Abends, das eigens für sie gestellt wird, fühlen sie sich als Bürger. Mit einem Pflichtgefühl, woran es nichts zu nagen und zu beißen gibt, polieren sie noch ihre Ketten vaterländisch. In kleinen Städten leben sie nur von gestern her, doch in großen haben sie die Umzüge, falsch glänzendes Vergnügen dazu. So sind sie nicht mehr die eingeschränkten kleinen Leute des stäubenden Muffs, aber neue, außer sich seiende, abgelenkte. Die sich zerstreuen lassen, durch Kino oder Rasse, damit sie sich nicht sammeln. Auseinandergehen, rufen Polizisten in schwierigen Zeiten auf der Straße, circulez, messieurs. Das besorgen die white collar workers schon allein, lassen es mit sich besorgen.

Ernst Bloch: Erbschaft dieser Zeit. Gesamtausgabe in 16 Bänden, Band 4. Suhrkamp Verlag, Frankfurt a.M. 1962. Zitiert nach: Bibliothek Suhrkamp, Band 388. Frankfurt a.M. 1973, S.31.

3. Ernst Bloch: Künstliche Mitte

Zu Kracauer: ›Die Angestellten‹

(1929)
Anderswo ist der Tag nur lauter geworden, nicht voller. Das Leben der großen Stadt schäumt mehr, schwindelt dafür besser. Täuscht den schlecht Bezahlten, der alles bezahlen muß, was man ihm vormacht. Die Arbeiter sind draußen in den Fabriken, die Angestellten bewohnen die Läden, Büros, Straßen der großen Stadt selbst. Täglich graues, abends zerstreutes Leben bestimmt ihr Bild, füllt sie. [...]
Merkwürdig nur, wie leicht sich der mittlere Mann darüber täuschen läßt, wo er lebt. Die Angestellten haben sich in der gleichen Zeit verfünffacht, in der sich die Arbeiter nur verdoppelt haben. Auch ist ihre Lage seit dem Krieg eine durchaus andere geworden; doch ihr Bewußtsein hat sich nicht verfünffacht, das Bewußtsein ihrer Lage gar ist völlig veraltet. Trotz elender Entlohnung, laufendem Band, äußerster Unsicherheit der Existenz, Angst des Alters, Versperrung der »höheren« Schichten, kurz, Proletarisierung de facto fühlen sie sich noch als bürgerliche Mitte. Ihre öde Arbeit macht sie mehr stumpf als rebellisch, Berechtigungsnachweise nähren ein Standesbewußtsein, das keinerlei reales Klassenbewußtsein hinter sich hat; nur mehr die Äußerlichkeiten, kaum mehr die Gehalte eines verschollenen Bürgertums spuken nach. Zum Unterschied vom Arbeiter sind sie der Produktion viel ferner eingegliedert; daher werden wirtschaftliche Veränderungen erst später wahrgenommen oder leicht falsch verstanden. Erst ein Drittel der Angestellten hat sich gewerkschaftlich organisiert, und von diesen ist ein Drittel sozialdemokratisch (nur Vorgeschrittenste sind kommunistisch). Das zweite Drittel ist demokratisch, das letzte seit alters nationalistisch, hat ständische Ideologie (bei diesem Stand), ist eine Art Stammgruppe des heutigen soge-

nannten Nationalsozialisten. Dies falsche Bewußtsein (noch in der Revolte falsch) reicht zwar auch unter Bauern, und Studenten geben ihm den Wichs hinzu; doch Angestellte sind ihm vor allem verfallen. Unsagbares Pack aus dem älteren Spießertum mischt seine Instinkte ein, gar keine völkischen, sondern hämische, fossile, erst recht gegenstandslose, die von Antikapitalismus nur soviel haben, daß sie den Juden als »Wucherer« totschlagen. Aber die Ablenkung ist hier das Größere daran, die duldende Ablenkung aus dem wirklichen Leben. Sie staut das Leben auf nichts als Jugend zurück, auf übersteigerte Anfänge, damit die Frage nach dem Wohin gar nicht aufkomme. Sie fördert den Sport und den Abendglanz der Straße, den exotischen Film oder den sonstwie glitzernden, ja, noch die »neusachliche« Fassade aus Nickel und Glas. Nichts ist dahinter als schmutzige Wäsche: doch gerade diese soll durch die gläserne Offenheit verdeckt werden (gleichwie das viele Licht nur der Vermehrung der Dunkelheit dient). Cafés, Filme, Lunaparks weisen dem Angestellten die Richtung, die er zu gehen hat: – Zeichen, viel zu überbeleuchtet, als daß sie nicht verdächtig wären, der wahren Richtung auszuweichen, nämlich der zum Proletariat. Mit dem der Angestellte jetzt alles teilt: Not, Sorge und Unsicherheit, nur nicht das klare Bewußtsein dieses seines Zustands. Gewiß hat die Ablenkung, gerade als bunte Jahrmarktstraße, noch ihre andere Seite, eine, die dem geschlossenen Muff nicht wohltut. Gewiß wirft auch diese Seite Staub auf und diesmal schon unterbrechenden, funkelnden, gleichsam *Staub hoch zwei*. Doch das hindert nicht, daß, unmittelbar, an der ganzen Ausweichung nur Betrug ist, der den Ort und Grund verdecken soll, worauf er geschieht. Die Angestelltenkultur, sagt Kracauer mit starkem Satz, ist die Flucht vor der Revolution und dem Tod. Und die Herren, die oberen Herren Aufsichtsführenden (wie ein Angestellter sie vorm Klagegericht nannte), unterliegen dem Schein selber, den sie vormachen. Sie entlehnen ihn den Angestellten, sie bringen den Badeglanz in Film und die immer amüsantere Presse, unfähig, anderen Gehalt hier zu haben und zu setzen. Überall der gleiche Spaß (wenn auch oben viel satter genossen), das Leben als »Betrieb«: als Öde bei Tag, als Flucht bei Nacht. Die neue Mitte spart nicht, denkt nicht an Morgen, zerstreut sich und bald alles.

Ernst Bloch: Erbschaft dieser Zeit, s.o., S. 33-35. Ausschnitte.

III. Widerspruchsvolle Meinungen nach der Uraufführung 1932

1. Richard Huelsenbeck: [Zu distanziert]

(1932)

[...] Es handelt sich hier weniger um ein Theaterstück als um ein geschmäcklerisches Feuilleton mit Atmosphäre. Die Moral ist sehr einfach: während die Karussells sich drehen, läuft der Menschen unschönes Schicksal ab. Eigentlich müßt man ja heulen, wenns nicht so verdammt lustig zuginge auf dieser vertrackten Welt. Der liebe Gott ist halt ein so ironischer Dramenfabrikant. Ödön Horváth hat die Fähigkeit der Charakterisierung, das hat er schon in den ›Geschichten aus dem Wiener Wald‹ gezeigt. Er kann auch erzählen, der Vorgang auf der Bühne liest sich gut herunter. Aber als letztes Urteil muß man doch sagen: zu dünn, um wahr zu sein. Man bleibt kalt und kein noch so guter Witz vermag den Figuren erschütterndes Leben einzuflößen. Und das allerletzte Urteil: dieser Horváth vermag bei allen seinen Fähigkeiten die Dinge nicht lebendig zu machen, weil er ihnen zu distanziert gegenübersteht. Das ist alles zu sehr aus dem Winkel des bürgerlichen Kaffeehauses gesehen. Und deshalb wirken die sozialen Fingerzeige in dieser Atmosphäre besonders unangenehm.

Richard Huelsenbeck: Ödön Horváth: Kasimir und Karoline. Die Literarische Welt, 9. 12. 1932. Zitiert nach: Materialien zu Ödön von Horváths ›Kasimir und Karoline‹, hrsg. von Traugott Krischke. edition suhrkamp 611. Suhrkamp Verlag, Frankfurt a. M. 1973, S. 96/97. Ausschnitt.

2. Alfred Polgar:
[Horváths »Laboratorium«]

(1932)

Kasimir, Chauffeur und abgebaut, ist ein anständiger Mensch. Aber seine Anständigkeit nützt ihm gar nichts, Karoline verläßt ihn doch. Sie hat kein schlechtes Herz, man kann sie vielmehr einen guten Kerl nennen: nur fehlen ihr die sittlichen Grundsätze. Eine negative Eigenschaft, die sie mit sämtlichen Versuchspersonen des Horváthschen Laboratoriums teilt. Den Geschöpfen dieses scharfen Dramatikers ist das sittliche Prinzip ausgenommen worden; mit solcher Vivisektor-Geschicklichkeit allerdings, daß kein sonst wichtiger Teil ihres seelischen Organismus durch den Eingriff verletzt wurde. Sie folgen, ganz wie ganze Menschen, den Gesetzen, die in die Kreatur eingesenkt sind, meiden Schmerz, suchen Lust, sind, je nach äußerem Reiz und innerem Bedarf, gut oder böse, entwickeln Treue im Festhalten an ihrem Selbst, die sich manchmal geradezu bis zum sogenannten Charakter steigert. Nur eben das Moralische ist, bis auf ein geringes Flacker-Restchen, in ihnen erloschen, jenes wunderliche Etwas, das die Beziehungen zum eigenen Ich und zum Nebenmenschen ebenso veredelt wie verfälscht. Es ist also eine lügelose Welt, die sich in solcher Horváth-Komödie offenbart, eine Welt, die ihre Niedrigkeit, Roheit und Lächerlichkeit ohne Scham zeigt; und es ist ein in jeder Hinsicht Schwindelfreier Dichter, der den Führer durch sie macht. Dieser Dichter hat eine besondere Kunst, an seinen Gestalten das, was uns alle bindet: das Gemeine, sichtbar, beziehungsweise das, womit dieses All-Bindende zugedeckt ist, transparent zu machen. Die Menschenwürde seiner Menschen, so durchleuchtet, erscheint um diese nur noch als blasse Kontur, kaum zu merken; was aber hinter ihr steckt, Tun und Lassen eigentlich bestimmend, tritt um so klarer ins Bild. Mit besonderem Eifer ist Ödön Horváth darauf aus, zu schauen und schauen zu lassen, was die Götter gnädig bedecken mit dem

Namen: Liebe. Kein Wunder also, daß den Zuschauer aus den Theaterstücken dieses glänzenden Desillusionisten das ziemlich Trostlose einer entzauberten, in ihrem schnöden Mechanismus bloßgelegten Welt kalt anweht. Zum Ersatz freilich auch die ganze Komik einer solchen. Nichts ist witziger als die Wahrheit. Und kein skurrilerer Anblick als jener, den sie bietet, wenn sie sich nackt unter die Leute mischt.

Dramatische Kraft bewährt, wie in seinen früheren Komödien, Horváth auch in *Kasimir und Karoline*. Hier dient ihm die Münchner Oktoberwiese zum Schauplatz vielen, äußerst geschickt ineinander verflochtenen kleinen Geschehens. Im engen Kreis des Spiels, wie er ihn betrachtet, wird es so unheimlich und doch auch possierlich lebendig, wie im Wassertropfen unterm Mikroskop. Für den Dichter und Dramatiker zeugt das Symbolhafte mancher Vorgänge und Bilder, diesen verbunden wie ein Schatten dem Körper, der ihn wirft. Es ist, zum Beispiel, mehr als nur ein, sozusagen, ausgefallener Einfall, wenn der Liliputaner dem Zeppelin huldigt, die menschliche Abnormität mit der technischen konfrontiert wird. [...]

Alfred Polgar: Kasimir und Karoline. Die Weltbühne, XXVIII. Jg., Nr. 49 (6. 12. 1932). Zitiert nach: Materialien zu Ödön von Horváths ›Kasimir und Karoline‹, s.o., S. 94–96. Ausschnitt.

IV. Einige Standpunkte der Literaturwissenschaft heute

1. Walter Hinck:
Das erneuerte Volksstück: Horváth

(1973)
[...] Es ist kein Zufall, daß der bedeutendste Volksstück-Autor der ersten Jahrhunderthälfte dem österreichisch-süddeutschen Sprachraum zugehört. Hier, zumal in Wien, hat das Volkstheater seit Jahrhunderten eine institutionalisierte und durch große Namen ausgewiesene Überlieferung. Mit der Volksdramatik eines Raimund und eines Nestroy haben die Stücke Horváths – sieht man vom Fehlen des Couplets ab – das Grundsätzliche gemeinsam: Die Hauptfiguren entstammen in der Mehrzahl den unteren bürgerlichen Schichten, und die Handlungen bewegen sich um die eher alltäglichen, jedenfalls um keine einmalig-exzeptionellen Fälle, um keinerlei geistige Entscheidungen elitärer Gruppen (der auffällig hervortretende Gebildete gerät immer in die Fallstricke der Komik); wo eine vornehme Welt erscheint, wird sie gesehen und gewertet aus der Perspektive des einfachen Volkes; die Sprache ist vom Wiener bzw. süddeutschen Dialekt zumindest eingefärbt (wo auf ihn ganz verzichtet wird, ist zumeist Lächerlichkeit der Preis). Wie das Raimundsche und Nestroysche ist das Horváthsche Volksstück bedeutend dadurch, daß es zwar die Welt aus dem Blickwinkel unterer Schichten erfaßt (und dies mit einem kräftigen Schuß Naivität), aber offen bleibt für den Erwartungs- und Reflexionshorizont der anderen Schichten (auch der sogenannten gebildeten). Die besten Stücke Horváths sind Beispiele dafür, wie ein Volkstheater von Rang, ohne die bestehenden Klassenunterschiede zu verwischen, dennoch darauf gerichtet ist, sie zu überwinden – daß also das

Volksstück ein Publikum intendiert, in dem sich das
»Volk« im weitesten und uneingeschränkten Sinne vertreten findet.

Wesentliches trennt – über den historischen Abstand
und die unterschiedlichen gesellschaftlichen Voraussetzungen hinaus – den Autor der Volksstücke ›Italienische Nacht‹ oder ›Geschichten aus dem Wiener Wald‹,
›Kasimir und Karoline‹ oder ›Glaube Liebe Hoffnung‹
(alle zwischen 1930 und 1932 entstanden) von den großen Volksdramatikern des 19. Jahrhunderts. Wo Raimund das Gemüthafte und Rührende noch gerade vor
dem Umschlag in die fade Sentimentalität abfängt, da
läßt Horváth das Sentimentale sich ungehemmt entfalten und im kitschigen Zungenschlag sich selbst desavouieren. Mit seiner satirischen Absicht steht Horváth
näher an Nestroy, aber es fehlt in seinen Stücken jene
sarkastisch-gallige Schärfe, mit der sich bei Nestroy
Menschen- und Weltverachtung äußern kann. Auch
Horváths Satire richtet sich »rücksichtslos gegen
Dummheit und Lüge«[1], doch liefert seine Darstellung
zugleich die gefällige Schauseite mit, hinter der sie sich
verstecken. Jene einfache Polarität von Gut und Böse,
die sich noch im Schauspiel Raimunds und teilweise
auch Nestroys behauptet, im Volksstück Horváths ist
sie nicht mehr auffindbar. Die Bosheiten nähern sich im
Gewande der Harmlosigkeit und artikulieren sich im
Tonfall der Gemütlichkeit. Die Gattung des Volksstücks
selbst, eine naiv und unproblematisch sich gebende
Gattung, unterstützt diesen Schein der Harmlosigkeit –
und schon mancher Regisseur ist auf das Volksstück-
Etikett hereingefallen und hat eines jener »Juxspiegelbilder« inszeniert, von denen Horváth so entschieden
abrückt[2].

In der Erfassung politischer und sozialer Wirklichkeit
der zwanziger und der frühen dreißiger Jahre hält sich
Horváth, im Gegensatz zu Brecht – sieht man vielleicht

---

(1) Ödön von Horváth: Gesammelte Werke, Band 1. Frankfurt a. M.
²1978, S. 328.
(2) Siehe Anm. 1.

von dessen ›Trommeln in der Nacht‹ ab –, unmittelbar und in realistischer Ausschnitt-Wiedergabe an die deutschen und österreichischen Verhältnisse selbst. Von den Vertretern der Neuen Sachlichkeit trennt ihn andererseits der Verzicht auf die Reportage; auch teilt er nicht jenes ungeduldige Engagement, das die sofortige Diskussion erzwingen will. Horváths Art der Bestandsaufnahme steht der agitatorischen Absicht und der unkritischen Indifferenz gleich fern. Sie verfolgt die ökonomische und politische Entwicklung der Nachkriegszeit, und kaum ein anderer zeitgenössischer Dramatiker hat ein so empfängliches Organ für das bedrohliche – zunächst noch heimliche – Erstarken der faschistischen Ideologie und Bewegung gerade innerhalb des Kleinbürgertums. [...]
[...] Die unbarmherzige Welt der Kleinbürger erscheint in ›Geschichten aus dem Wiener Wald‹ überzuckert von der Idylle der Picknick- und Badefreuden »an der schönen blauen Donau«, von weinseliger Stimmung und Schrammelmusik im Heurigenlokal oder von den leitmotivisch wiederkehrenden Walzermelodien, doch sind in kaum einer Szene die satirischen Signale zu überhören. Dagegen hat Horváth satirische Absichten im Volksstück ›Kasimir und Karoline‹, in der Darstellung eines Münchner Oktoberfest-Abends, bestritten: »es ist überhaupt keine Satire, es ist die Ballade vom arbeitslosen Chauffeur Kasimir und seiner Braut mit der Ambition, eine Ballade von stiller Trauer, gemildert durch Humor...«[3] [...]
Gewiß stellt sich in Horváths ›Kasimir und Karoline‹ gelegentlich eine fade Lustigkeit zur Schau, doch schlägt durch die Oktoberfest-Fröhlichkeit immer wieder eine Wehmut durch, wie man sie manchmal in Volksliedern findet: eine Wehmut, die mit keiner kitschigen Sentimentalität zu verwechseln ist, weil sie viele Erfahrungen in sich aufnimmt (hier u.a. die der Arbeitslosigkeit und ihrer Folgen). Solcher Erfahrungshin-

---

(3) Ödön von Horváth: Gesammelte Werke, Band 2, S. 659.

tergrund gibt Volksstück-Sentenzen wie den folgenden Tiefe, so daß ihre Einfachheit nicht mit Banalität gleichgesetzt werden kann: »Wir sind halt heutzutag alle älter als wie wir sind.« – »...die Menschen wären doch gar nicht schlecht, wenn es ihnen nicht schlecht gehen tät.« – »Die Welt ist halt unvollkommen.« »Man könnt sie schon etwas vollkommener machen.« – Und: »Solange wir uns nicht aufhängen, werden wir nicht verhungern.«[4] Ein Trostspruch wie dieser beschönigt nichts, in der Ermunterung bleibt das Bewußtsein der wirklichen Lage aufgehoben. Bezeichnend ist auch der Schluß des Stückes: Zwar gibt es zwei Liebespaare – und doch kein rechtes happy-end, denn wohl verlassen Kasimir und Karoline das Oktoberfest nicht ohne Partner(in), doch haben sie beide nicht wieder zusammengefunden. Die Zuversicht der Liebenden ist ohne alle Selbsttäuschung, sie rechnet mit einem Minimum an Glück; an das allerdings klammert sie sich.

Horváths Volksstücken ist jener Veränderungsappell fremd, mit dem Brechts Volksstück ›Herr Puntila und sein Knecht Matti‹ so ausdrücklich schließt; nicht thematisch wird der Gegensatz zweier Klassen, sieht man vielleicht vom frühen Werk ›Revolte auf Côte 3018‹ (1927, später ›Die Bergbahn‹) ab. Dennoch überdeckt Horváth nicht die Widersprüche der sozialen Wirklichkeit; darin unterscheiden sich seine Bühnenwerke von den gängigen, Figuren- und Handlungsklischees fortzeugenden volkstümlichen Theater-Produktionen. Auf Horváths Volksstück läßt sich ein Brechtscher Satz zum Volkslied übertragen: daß es nicht etwas Einfaches oder gar Einfältiges einfach sagt – wie moderne Nachahmer –, daß es vielmehr etwas Kompliziertes einfach sagt[5].

Walter Hinck: Das moderne Drama in Deutschland. Vom expressionistischen zum dokumentarischen Theater. Vandenhoeck & Ruprecht, Göttingen 1973, S. 131–136. Ausschnitte.

(4) Siehe Anm. 1, S. 319, 308, 320, 323.
(5) Bertolt Brecht: Gesammelte Werke, Band 19, S. 505.

2. Volker Klotz: [Publikumsdramaturgie – Wie Horváth auf das Publikum eingeht]

(1976)

[...] Auch wer nach vierzig Jahren einen Hauptnenner sucht für diese buntscheckigen Theatertexte, kann sich verallgemeinernd auf jene Befunde der Uraufführungskritiker berufen. Der Hauptnenner lautet: Reagenzdramatik.

Sie reagiert auf vielerlei Weise und auf vielerlei Dinge. Hieraus erwachsen wesentliche Antriebe ihrer Publikumsdramaturgie. Denn indem Horváths Dramatik hochempfindlich auf das anspricht, was sie akut umgibt, macht sie wie ein chemisches Reagenz diese Umgebung erst richtig wahrnehmbar und womöglich bestimmbar. So treibt sie deren scheinbar beliebige, nichtssagende Eigenschaften derart scharf hervor, daß sie sich den Beobachtern als symptomatischer Zusammenhang zu erkennen geben.

Das gilt vor allem für die zeitgenössischen Verhältnisse um 1930[6] und darin insbesondere für die weitgehende Verkleinbürgerlichung von Mittelständlern und Arbeitern. Mitsamt den Sprachfrakturen, die von entsprechenden Bewußtseinsfrakturen melden, wann immer die Betroffenen ihren proletarisierten Zustand stotternd umlügen wollen in einen korrekt bürgerlichen. Solche zeitgenössischen Verhältnisse äußern sich bei der kleinbürgerlichen Mehrheit im Verhalten eines richtungslosen Stimmviehs, das unversehens gewaltsam aus seinem trägen, abgestumpften Lebenstrott ausbricht. Sie äußern sich in politischen Auseinandersetzungen, die weniger in Parteikämpfen als im gefährlichen Widerspiel von blindem Engagement und ebenso blinder politischer Enthaltung ausgetragen werden. Und sie äußern sich vollends im mangelnden Wirklichkeitsverständnis und im mangelnden Verständigungsvermögen, woraus be-

---

(6) Hierzu vgl. die sehr ergiebige Arbeit von A. Fritz: Ö. v. Horváth als Kritiker seiner Zeit. München 1973.

harrlicher Selbst- und Fremdbetrug hervorgeht. Solches Gebaren sprang den Zeitgenossen aus Horváths Bühnenereignissen widerlich vertraut entgegen. Vertraut war es aus den Erfahrungen der labilen, vielseitig gefährdeten ersten deutschen Republik, die Hals über Kopf dem Untergang entgegenstolperte. Unentschieden in ihren gesellschaftlichen Zielen, vollgepackt mit schweren innen- und außenpolitischen Hypotheken, konnte sie kaum eine Bevölkerungsgruppe rückhaltlos für sich einnehmen. [...]
[...] So penetrant wie auf den gesellschaftlichen Umkreis von Autor und Publikum reagiert Horváths Dramatik auf die literarische und theatralische Überlieferung, der sie angehört. Auf vorgeprägte Gattungsraster wie etwa aufs expressionistische Stationendrama[7] und – worum es bei seinen hier behandelten profiliertesten Stücken geht – aufs alte Volksstück. Später, nachdem Horváth durch die Emigration gezwungen war, den unmittelbaren Umgang mit der sozialen Umgebung abzubrechen, hielt er sich zunehmend an populäre Beispielfiguren aus Dichtung, Oper und Trivialmythologie, wie etwa: Don Juan, Figaro, Die Unbekannte aus der Seine.
Was denn, so läßt sich einwenden, ist daran eigenartig? Gehen nicht auch andere Autoren entschieden auf ihre Umweltverhältnisse ein und bedienen sich dabei der überkommenen Kunstmittel ihres Metiers? Gewiß. Nur, bei Horváth sind Art und Ausmaß des Reagierens ungewöhnlich. Seine Stücke binden sich nicht bloß mehr und anders an Vorhandenes und Vorformuliertes. Sie beziehen gerade aus dieser bewußten Abhängigkeit ihren eigenen Stil, ihre unverwechselbare Technik.
Es wäre freilich verfehlt, Horváths Stücke, namentlich die Volksstücke, weil sie von Gnaden vorfertiger Schemata leben, als parasitär, als epigonale Second-Hand-Produkte abzustempeln. Solche Wertungen, die unbedenklich auf Originalität schwören, gingen an der pro-

---

(7) In ›Don Juan kommt aus dem Krieg‹, in ›Glaube Liebe Hoffnung‹, in ›Der jüngste Tag‹.

duktiven Notwendigkeit von Horváths Verfahren vorbei. Seine Dialogsprache muß parasitär sein. Denn die Wirkung ihres verkleideten und entkleideten Bildungsjargons beruht darauf, daß dem Publikum vertraut ist, woran sich der Jargon großspurig vergreift. Sie verlangt, daß das Publikum die gesellschaftliche Sprachklasse kennt, die diese armseligen, geschundenen Sprachsnobs anstreben. Horváths Dramaturgie muß second-hand verfahren. Denn sie beansprucht Gemütsschablonen des herkömmlichen Volksstücks, um sie, zerstoßen, für die eigenen ungemütlichen Zwecke zu nutzen. Und Horváths Produktion verhält sich notwendig als epigonaler Nachkomme. Denn sie benötigt unabdingbar die Vorläufer, um sie überholen zu können auf der Bahn zu einem polemischen Ziel. Sie benötigt die verschlissenen Situationen, die runtergekommenen Konflikte; sie benötigt die gängigen Geschehnisabläufe, die ausgelatschten Gedanken und Gefühle, die zersungenen Lieder, die durchgekauten Redensarten: um mit ihrer Hilfe gegen die Mentalität anzugehen, für die sie einstehen.

Insofern arbeitet Horváths Dramatik nicht eigenständig, sondern setzt voraus, daß das agiert wurde, worauf sie reagiert; daß das gesprochen wurde, worauf sie anspricht. Zugleich setzt sie in ihrer Publikumsdramaturgie voraus, daß das, was da agiert und gesprochen wurde, weithin vernommen wurde. Daß es also der Gesellschaft heimisch ist, die Horváths Publikum stellt. Es reicht nicht aus, daß die Stücke vorgeprägte Modelle hernehmen, um ihren Charakter verzerrend zu entblößen. Das Publikum muß diese Modelle im intakten Zustand kennen und womöglich lieben. Nur dann wird es die Verletzungen mitkriegen, die Horváths Dramaturgie den vertrauten Modellen antut. [...]

Volker Klotz: Dramaturgie des Publikums. Carl Hanser Verlag, München/Wien 1976, S. 178–181. Ausschnitte.

3. Hellmuth Karasek: Illusion und Utopie

(1973)
Alle Menschen in dem Stück haben zu verschiedenen Zeiten recht und unrecht. So bestialisch sich Merkl gegen seine Braut auch aufführt, wenn er verhaftet wird, ist auch er ein »Opfer«, kein Täter. Und so ungeheuer decouvrierend widerlich die geilen hochnäsigen Herren auftreten – wo ihre Schäbigkeit die Schwäche des Alters, ihre Kläglichkeit offenbart, sind auch sie für kleine Augenblicke im Recht – ohne daß Horváth sie als »Typen« damit verharmlost hätte.

Wenn es einen graduellen Unterschied gibt, so gilt der am ehesten für den Unterschied zwischen Karoline und den übrigen Figuren. Sie hat, ähnlich wie Marianne in den *Geschichten aus dem Wiener Wald,* am häufigsten recht – Frauen, so führt Horváth vor, sind in diesen Verhältnissen am meisten auf der Opferseite zu finden. Und: wenn auch sie kitschig träumen, so ist in ihren Illusionen noch am ehesten und am stärksten so etwas wie ein Rest einer sinnvollen und lebenskräftigen Utopie enthalten.

In ihren Einsichten wird Karoline am Ende »realistischer«, sie macht sich weniger Illusionen. Und ist damit ärmer und reicher zugleich.

Horváth läßt sie dem Kommerzienrat, den sie endlich ganz durchschaut, vulgär dasselbe zurufen, was die beiden Huren ihm am Anfang schon an den Kopf warfen.

»Karoline *kreischt plötzlich:* Auf Wiedersehen, Herr Nachttopf!«

Horváth stellt also in und mit seinen Frauen, die in seinen großen Stücken »abgerichtet« werden auf die Realität, auch eine dialektische Sicht der Illusion, des Kitsches dar: mit dem Verlust von Illusionen gewinnt man Realität, mit dem Gewinn von Realität verliert man utopische Träume.

In den letzten Szenen drückt sich dies so aus:
»Karoline: Ich hab es mir halt eingebildet, daß ich mir

einen rosigeren Blick in die Zukunft erringen könnte – und einige Momente habe ich mit allerhand Gedanken gespielt. Aber ich müßte so tief unter mich hinunter, damit ich höher hinauf kann.«
Und dann später, allein, »vor sich hin«:
»Man hat halt oft so eine Sehnsucht in sich – aber dann kehrt man zurück mit gebrochenen Flügeln und das Leben geht weiter, als wär man nie dabei gewesen –«
In beiden Fällen läßt sich diese Dialektik in der Sprache ablesen. Beide beginnen mit Phrasen, Kitschbildern, gestanzten Redensarten, beide Male borgt sich Karoline für das, was sie erlebt hat, triviale Schemen, beide Male also »singt« sie eine kollektive Melodie, wobei sie meint, ganz bei sich allein, bei ihren Erfahrungen zu sein.
Aber beide Male münden die ausgetretenen Bilder, die Metaphern aus Gartenlaube und Poesiealbum in plötzliche Einsichten, die alle Schleier zerreißen.
Mit der Redensart »Das Leben geht weiter« fängt der letzte Satz an, (ein Satz, den die *Bild-Zeitung* am 21. November der Familie Barzel, nämlich Mutter und Tochter, in einem Artikel gleich zweimal in den Mund legte). Dann fährt Karoline fort: »als wär man nie dabei gewesen«. Und an die Stelle der Redensart tritt hier eine Einsicht, die zumindest für einen Augenblick alle Illusionen begräbt. So weit ist das eigene Leben von ihr entfernt wie der Zeppelin, so sehr ist sie sich entfremdet, wie am Anfang den Menschen nur die Abnormitäten entfremdet scheinen.

Hellmuth Karasek: ›Kasimir und Karoline‹. In: Materialien zu Ödön von Horváths ›Kasimir und Karoline‹, hrsg. von Traugott Krischke. edition suhrkamp 611. Suhrkamp Verlag, Frankfurt a. M. 1973, S. 75/76.

4. Theo Buck: Die Stille auf der Bühne – Aktivierung des Zuschauers

(1979)

Die Intention steht fest: Horváths Dramaturgie zielt direkt auf den Zuschauer. Auf ihn hin sind die Dialoge und Monologe geöffnet. Ja, sie beziehen ihn förmlich – will sagen: durch die Form – ein. Um es paradox zu formulieren: gerade die »Stille« in den Stücken Horváths spricht das Publikum an. Weil dem so ist, empfiehlt der Autor, nicht »nur die Handlung« zu sehen, sondern in erster Linie »auf das Wort im Drama zu achten«[8]. Das hat viel zu tun mit kritischer Distanz, wenig hingegen mit Identifikation.

Wie das gemeint ist und praktisch zur Wirkung kommt, soll ein fast beliebig gewähltes Beispiel veranschaulichen. In der dritten Szene von ›Kasimir und Karoline‹, als der Zeppelin die Oktoberfestwiese überfliegt, ergibt sich folgendes Stimmungsbild in Worten:

Rauch: Bravo Zeppelin! Bravo Eckener! Bravo!
Ein Ausrufer: Heil!
Speer: Majestätisch. Hipp hipp hurrah!
Pause.
Ein Liliputaner: Wenn man bedenkt, wie weit es wir Menschen schon gebracht haben – *Er winkt mit seinem Taschentuch.*
Pause.[9]

Eine bündigere gesellschaftliche Analyse im Hinblick auf die Fortdauer von Strukturen der Kaiserzeit in der Weimarer Republik sowie auf die Existenz eines nationalen Kompensationsbedürfnisses ist kaum denkbar. Hinzu kommt überdies noch die bittere Ironie der Metapher vom Liliputaner: Der Zukurzgekommene grüßt den Fortschritt der Menschheit – nebenbei just in der Form, die sich in der Folgezeit sehr rasch als ein Fehl-

---

(8) Ödön von Horváth: Gesammelte Werke, Band 8, S. 659.
(9) Ödön von Horváth: Gesammelte Werke, Band 1, S. 255.

schlag entpuppte. Fragt man, was da vorgeht, wenn Horváth solche Szenen vorführt, kann die Antwort nur lauten: Er zeigt das Detail, in dem, wie man sagt, der Teufel steckt. Es sind die düsteren Bilder einer Gesellschaft im Vorfeld der faschistischen Diktatur.

Theo Buck: Die Stille auf der Bühne. Recherches Germaniques 9/1979, S. 174–185. Hier S. 175/176. Ausschnitt.

Zeittafel zu Leben und Werk

1901 Ödön von Horváth wird am 9. Dezember in Sušak (Fiume) geboren.
1902 Übersiedlung nach Belgrad und
1908 nach Budapest.
1909 Der Vater, im diplomatischen Dienst tätig, wird nach München versetzt. Ödön bleibt im erzbischöflichen Internat in Budapest.
1913/14 folgt er seinen Eltern nach München.
1916 Übersiedlung nach Preßburg und
1918 wiederum nach Budapest.
1919 Abitur in Wien und Übersiedlung nach München. Studium der Theaterwissenschaft bei Arthur Kutscher, der seine Hörer mit dem modernen Theater (z.B. Wedekind, Hauptmann) bekannt macht.
1923 Intensive schriftstellerische Tätigkeit. Das Schauspiel ›Mord in der Mohrengasse‹ entsteht vermutlich 1923.
1924 Das Landhaus seiner Eltern in Murnau wird, neben Berlin, Horváths Wohnsitz.
1926 ›Das Buch der Tänze‹ wird am Stadttheater Osnabrück uraufgeführt.
1927 ›Revolte auf Côte 3018‹ wird in Hamburg uraufgeführt. Neufassung unter dem Titel
1929 ›Die Bergbahn‹. Uraufführung in Berlin. Der Ullstein-Verlag bietet Horváth einen Vertrag und damit die Möglichkeit, als freier Schriftsteller zu leben.
Die Uraufführung von ›Sladek, der schwarze Reichswehrmann‹ in Berlin provoziert heftige Angriffe der Nationalsozialisten.
1930 Roman ›Der ewige Spießer‹ abgeschlossen. Buchausgabe der ›Italienischen Nacht‹.
1931 1. Februar: Nationalsozialisten sprengen eine sozialdemokratische Versammlung in Murnau (›Saalschlacht‹).
20. März: ›Italienische Nacht‹ wird in Berlin uraufgeführt.
22./23. Juli: In Murnau wird Horváth im ›Saalschlacht‹-Prozeß als Zeuge vernommen und von den Nationalsozialisten heftig angegriffen.
Herbst: Auf Vorschlag von Carl Zuckmayer erhält Horváth – zusammen mit Erik Reger – den Kleist-Preis.

	November: Erfolgreiche Uraufführung der ›Geschichten aus dem Wiener Wald‹ in Berlin.
1932	Uraufführung von ›Kasimir und Karoline‹ in Leipzig. Horváth konzipiert eine ›Gebrauchsanweisung‹ für seine Stücke.
1933	Die Nationalsozialisten verhindern die Uraufführung von ›Glaube Liebe Hoffnung‹. Auch andere geplante Aufführungen von Horváths Stücken an deutschen Bühnen finden nicht mehr statt. Horváth verläßt Deutschland und reist über Salzburg nach Wien.
1934	Rückkehr nach Berlin. Uraufführung von ›Hin und her‹ in Zürich.
1936	Uraufführung von ›Glaube Liebe Hoffnung‹ in Wien.
1937	Uraufführung von ›Figaro läßt sich scheiden‹ und ›Ein Dorf ohne Männer‹ in Prag und ›Der jüngste Tag‹ in Mährisch-Ostrau. Der Roman ›Jugend ohne Gott‹ erscheint in Amsterdam, auch der Roman ›Ein Kind unserer Zeit‹ wird vom Amsterdamer Verlag Albert de Lange angenommen.
1938	Starke Depressionen, Unzufriedenheit im Künstlerischen, verstärkt durch finanzielle Sorgen, hindern Horváth an der Verwirklichung weiterer Pläne. Emigration: zunächst nach Budapest, dann von Prag aus über Triest, Venedig, Mailand, Zürich, Amsterdam nach Paris. Dort Besprechung über eine Verfilmung von ›Jugend ohne Gott‹. 1. Juni abends: Horváth wird auf den Champs-Elysées im Gewittersturm durch einen stürzenden Baum getötet, am 7. Juni auf dem Friedhof St-Ouen, im Norden von Paris, bestattet.

Nach den Zeittafeln in: Ödön von Horváth: Jugend ohne Gott. suhrkamp taschenbuch 17. Suhrkamp Verlag, Frankfurt a.M. 1974, Anhang, und werksausgabe edition suhrkamp, Band 8, S. 737–742.

Editionen für den Literaturunterricht

Herausgeber: Dietrich Steinbach

**Ausgaben klassischer Werke
mit Materialienanhang**

Georg Büchner: Dantons Tod
Klettbuch 3512
**Lenz und
Oberlins Aufzeichnungen**
Klettbuch 3527
Leonce und Lena
Klettbuch 35134
Woyzeck · Klettbuch 3516

**Georg Büchner –
Leben und Werk**
Klettbuch 35195

**Annette von Droste-Hülshoff:
Die Judenbuche**
Klettbuch 3518

**Joseph von Eichendorff: Aus
dem Leben eines Taugenichts**
Klettbuch 3538

**Theodor Fontane:
Effi Briest**
Klettbuch 35181
Frau Jenny Treibel
Klettbuch 35112
Irrungen Wirrungen
Klettbuch 35173
Mathilde Möhring
Klettbuch 35174

**Johann Wolfgang von Goethe:
Egmont**
Klettbuch 35133
Faust · Der Tragödie erster Teil
Klettbuch 35123
Faust · Der Tragödie zweiter Teil
Klettbuch 35124
**Geschichte Gottfriedens von
Berlichingen mit der eisernen
Hand dramatisirt**
Klettbuch 35125
Iphigenie auf Tauris
Klettbuch 3528
Die Leiden des jungen Werther
Klettbuch 3519
Urfaust · Klettbuch 35142

**Gerhart Hauptmann:
Der Biberpelz** · Klettbuch 35136
Die Ratten · Klettbuch 35137

**Friedrich Hebbel:
Maria Magdalene** · Klettbuch 3539

**Heinrich Heine:
Deutschland · Ein Wintermärchen** · Klettbuch 35192
**Heinrich Heine –
Leben und Werk**
Klettbuch 35199

**E. T. A. Hoffmann:
Der Goldne Topf**
Klettbuch 35165
**E. T. A. Hoffmann –
Ein universaler Künstler**
Klettbuch 3529

**Hugo von Hofmannsthal:
Ein Brief · Reitergeschichte**
Klettbuch 35126

**Ödön von Horváth:
Kasimir und Karoline**
Klettbuch 35311

Franz Kafka: Erzählungen
Klettbuch 351581

Franz Kafka: Leben und Werk
Klettbuch 35197

Franz Kafka: Die Verwandlung
Klettbuch 35208

Editionen für den Literaturunterricht

Herausgeber: Dietrich Steinbach

Ausgaben klassischer Werke mit Materialanhang

Gottfried Keller:
Romeo und Julia auf dem Dorfe
Klettbuch 3541

Heinrich von Kleist:
Die Marquise von O...
Klettbuch 35166
Michael Kohlhaas
Klettbuch 3515
Prinz Friedrich von Homburg
Klettbuch 3532
Der zerbrochene Krug
Klettbuch 35139

Heinrich von Kleist –
Leben und Werk
Klettbuch 35201

Jakob Michael Reinhold Lenz:
Der Hofmeister
Klettbuch 3546
Die Soldaten
Klettbuch 3545

Gotthold Ephraim Lessing:
Emilia Galotti
Klettbuch 3521
Minna von Barnhelm
Klettbuch 3522
Nathan der Weise
Klettbuch 35116

Gotthold Ephraim Lessing –
Leben und Werk
Klettbuch 35194

Wilhelm Raabe:
Stopfkuchen
Klettbuch 35147

Friedrich Schiller:
Don Carlos · Infant von Spanien
Klettbuch 3526
Kabale und Liebe
Klettbuch 3523
Die Räuber
Klettbuch 3524
Der Verbrecher aus verlorener Ehre
Jacob Friedrich Abel:
Lebens-Geschichte
Fridrich Schwans
Klettbuch 35177
Wallenstein
Klettbuch 35198

Sophokles:
Antigone
Klettbuch 35205

Das Volksbuch von Doktor Faust
Klettbuch 35117

Heinrich Leopold Wagner:
Die Kindermörderin
mit der Schlußszene in der Bearbeitung von **Peter Hacks**
Klettbuch 35118

Editionen für den Literaturunterricht

Herausgeber: Dietrich Steinbach

**Werke des 20. Jahrhunderts
mit Materialienanhang**

**Ingeborg Drewitz:
Gestern war Heute –
Hundert Jahre Gegenwart**
Klettbuch 3537
**Oktoberlicht oder
Ein Tag im Herbst**
Klettbuch 35149

**Barbara Frischmuth:
Jahre · Zeit, Tschechow zu
lesen · Unzeit · Bleiben lassen**
Klettbuch 35146

**Gerhart Hauptmann:
Der Biberpelz**
Klettbuch 35136
Die Ratten
Klettbuch 35137

**Marlen Haushofer:
Die Wand**
Klettbuch 35196

**Hugo von Hofmannsthal:
Ein Brief · Reitergeschichte**
Klettbuch 35126

**Ödön von Horváth:
Kasimir und Karoline**
Klettbuch 35311

Franz Kafka: Erzählungen
Klettbuch 351581

Franz Kafka: Leben und Werk
Klettbuch 35197

Franz Kafka: Die Verwandlung
Klettbuch 35208

**Irmgard Keun:
Das kunstseidene Mädchen**
Klettbuch 35114
Nach Mitternacht
Klettbuch 35138

**Günter Kunert –
Literatur im Widerspruch**
Klettbuch 3543

**Heinrich Mann:
Eugénie oder Die Bürgerzeit**
Klettbuch 35153

**Heiner Müller:
Germania Tod in Berlin
Der Auftrag**
Klettbuch 35171
**Der Lohndrücker · Philoktet ·
Die Schlacht**
Klettbuch 35193

**Friedrich Wolf:
Cyankali § 218**
Klettbuch 35154